Contemporánea

Richard Yates nació en 1926 en Yonkers, en el seno de una familia bastante inestable. Estudió en Avon, Connecticut, donde descubrió su vocación por la literatura y el periodismo. Más tarde se incorporó al ejército y cumplió tareas en Francia y Alemania. Al regresar a Nueva York trabajó como periodista, redactor publicitario y *ghost writer*, escribió algunos de los discursos del senador Robert Kennedy, y sus relatos comenzaron a aparecer en distintas publicaciones. En 1961 su novela *Vía Revolucionaria* fue finalista del prestigioso National Book Award y le valió un amplio reconocimiento del público y de la crítica. Luego siguieron, entre otras, *A Good School* y *Las hermanas Grimes* (*The Easter Parade*), y los libros de relatos *Once tipos de soledad* y *Liars in Love*. Dio clases en la Universidad de Columbia, en la de Boston y en la de Iowa. Murió en 1992 en Alabama. La película de Sam Mendes, *Revolutionary Road*, ha motivado en los últimos años una merecida revaloración de su obra en todo el mundo.

Richard Yates

Las hermanas Grimes

Traducción de
Rolando Costa Picazo

DEBOLS!LLO

Papel certificado por el Forest Stewardship Council®

Título original: *The Easter Parade*

Primera edición en Debolsillo: febrero de 2026

© 1976, Richard Yates
© 2009, 2026, Penguin Random House Grupo Editorial, S. A. U.
Travessera de Gràcia, 47-49. 08021 Barcelona
© 2009, Rolando Costa Picazo, por la traducción
Diseño de la cubierta: Penguin Random House Grupo Editorial
basado en el diseño original de Vintage UK
Imagen de la cubierta: cortesía de Advertising Archives
Fotografía del autor: © Jill Krementz

Printed in Spain – Impreso en España

ISBN: 978-84-663-8993-8
Depósito legal: B-21.519-2025

Impreso en Black Print CPI Ibérica
Sant Andreu de la Barca (Barcelona)

P 3 8 9 9 3 8

A Gina Catherine

Primera parte

1.

Ninguna de las hermanas Grimes estaba destinada a ser feliz, y al echar una mirada retrospectiva siempre da la impresión de que los problemas comenzaron con el divorcio de sus padres. Ocurrió en 1930, cuando Sarah tenía nueve años y Emily cinco. Su madre, que quería que la llamaran «Pookie», las llevó de Nueva York a una casa alquilada en Tenafly, Nueva Jersey, donde creía que las escuelas serían mejores y donde esperaba hacer carrera como vendedora de propiedades en barrios residenciales. No resultó —pocos de sus planes para independizarse resultaban— y se fueron de Tenafly después de dos años, que a las niñas les parecieron memorables.

—¿Tu papá no viene nunca a tu casa? —les preguntaban otros niños, y Sarah siempre tomaba la iniciativa para responder, explicando lo que era un divorcio.

—¿No lo veis nunca?

—Claro que lo vemos.

—¿Dónde vive?

—En la ciudad de Nueva York.

—¿Qué hace?

—Escribe los titulares. Escribe los titulares para el *Sun* de Nueva York —la manera en que lo decía no dejaba duda de que el interlocutor debía sentirse impresionado. Cualquiera podía ser un reportero barato e irresponsable o un redactor aburrido. El hombre que escribía los titulares era algo muy distinto. El hombre que tenía la comprensión suficiente para ver más allá de las complejidades de las noticias diarias y escoger los puntos fundamentales para resumirlo todo en unas pocas palabras elegidas, compuestas artísticamente para adecuarlas a un espacio limitado, era un periodista consumado y merecía ser su padre.

En una ocasión las niñas fueron a visitarlo a la ciudad y él las llevó por las instalaciones del *Sun* y vieron todo.

—La primera edición está lista para entrar en las máquinas —dijo él—, así que iremos a la imprenta para ver el proceso. Después iremos arriba —las llevó al subsuelo por una escalera de hierro que olía a tinta y recién impreso, hasta que llegaron a un recinto lleno de rotativas alineadas. Había obreros que caminaban a toda prisa. Todos usaban sombreritos cuadrados, hechos de papel de diario plegado intrincadamente.

—¿Por qué llevan esos sombreros de papel, papá? —preguntó Emily.

—Ellos probablemente te dirán que es para no ensuciarse el pelo con tinta, pero creo que lo hacen para tener buena pinta.

—¿Qué quiere decir «pinta»?

—Buena «pinta» es lo que tiene ese osito tuyo —dijo, señalando un broche de granates con forma de osito de felpa que Emily se había puesto con la esperanza de que su padre lo notara—. *Ese* osito tiene muy buena pinta.

Observaron las curvadas láminas de metal, recién hechas, que se deslizaban sobre rodillos que las transportaban hasta el lugar en que se las grapaba a los cilindros. Luego, al sonar de campanillas, las prensas comenzaron a girar. El suelo de acero vibraba bajo sus pies, lo que hacía cosquillas, y el ruido era tan abrumador que resultaba imposible hablar: sólo atinaban a mirarse y a sonreír, y Emily se cubrió las orejas con las manos. En todas las máquinas se veían tiras blancas de papel y diarios recién impresos que fluían en prolija abundancia.

—¿Qué os parece? —preguntó Walter Grimes a sus hijas cuando subían la escalera—. Ahora echaremos un vistazo a la sección de Ciudad.

Se trataba de un piso lleno de escritorios ante los cuales había hombres aporreando máquinas de escribir.

—Ese lugar de ahí delante, donde los escritorios están todos juntos, es el mostrador de la ciudad —dijo—. El editor de la sección Ciudad es ese hombre calvo que está hablando por teléfono. Y el que está ahí es más importante aún. Es el gerente de ediciones.

—¿Dónde está tu escritorio, papá? —preguntó Sarah.

—Oh, yo trabajo en la sección Copias. En el extremo. ¿Alcanzáis a ver aquello? —señaló una mesa grande, en forma de semicírculo, de madera amarilla. Había un hombre sentado en el centro, y otros seis sentados a su alrededor, que leían o escribían.

—¿Es allí donde escribes los titulares?

—Bueno, sí, parte del trabajo consiste en escribir los titulares. Lo que sucede es que cuando los reporteros y los redactores terminan sus artículos, se los dan a un asistente de copista —ese joven que veis allí es uno de ellos— y él nos los trae. Nosotros corregimos la gramática, la ortografía y la puntuación, escribimos los titulares, y ya están listos para ser impresos. Hola, Charlie —le dijo a un hombre que pasó a su lado, y que se dirigía a tomar agua—. Charlie, quiero que conozcas a mis hijas. Ésta es Sarah, y ésta es Emily.

—Vaya —dijo el hombre, inclinándose—. Son un par de encantos. ¿Cómo os va?

Luego las llevó al cuarto donde estaban los teletipos, y vieron las noticias transmitidas por cable desde todas partes del mundo. Después fueron a la sección Composición, donde ponían las noticias en tipos y las adecuaban a las páginas.

—¿Estáis listas para ir a almorzar? —les preguntó—. ¿Queréis ir al baño primero?

Atravesaron el parque de City Hall bajo el sol primaveral, de la mano de su padre. Las dos llevaban un abrigo liviano sobre el mejor vestido que tenían, medias cortas blancas y zapatos de charol negro. Eran dos chicas bonitas. Sarah era trigueña, con un aspecto de inocencia que nunca la abandonaría; Emily, más baja, era rubia, delgada y muy seria.

—City Hall no es gran cosa, ¿no? —dijo Walter Grimes—. ¿Veis ese edificio grande, a través de los árboles? ¿Ese rojo oscuro? Es el del *World,* o era, mejor dicho; cerró el año pasado. Era el periódico más grande de Estados Unidos.

—Pero ahora el mejor es el *Sun,* ¿no? —dijo Sarah.

—Oh, no, querida; el *Sun* no es un buen diario.

—¿No lo es? ¿Por qué no? —Sarah parecía preocupada.

—Es algo reaccionario.

—¿Qué quiere decir eso?

—Quiere decir que es muy, muy conservador. Muy republicano.

—Y nosotros, ¿no somos republicanos?

—Supongo que tu madre sí, cariño. Yo no.

—Oh.

Tomó dos tragos antes del almuerzo, pidió ginger ale para las niñas. Luego, mientras comían el pollo con puré, Emily habló por primera vez desde que dejaron el diario.

—Papá, si no te gusta el *Sun,* ¿por qué trabajas allí?

Su rostro alargado, que las dos niñas consideraban bien parecido, tenía aspecto de cansado.

—Porque necesito un empleo, conejito —dijo—. No es fácil conseguir trabajo. Supongo que si tuviera mucho talento podría buscar otro empleo, pero sólo soy un copista, ¿sabéis?

No era una gran noticia para llevar de regreso a Tenafly, aunque por lo menos podían seguir diciendo que redactaba los titulares.

—... Y si piensas que escribir los titulares es fácil, estás muy equivocado —le dijo Sarah a un muchacho grosero un día en el patio de recreo, después de horas de clase.

Emily, por su parte, se aferraba a la verdad literal. Cuando el muchacho se hubo alejado, le recordó a su hermana cuáles eran los hechos.

—No es más que un copista —dijo.

Esther Grimes, o Pookie, era una mujer pequeña y activa cuya vida parecía dedicada a la persecución y mantenimiento de una imprecisa cualidad que ella llamaba «encanto». Devoraba las revistas de moda, se vestía con gusto y vivía cambiando de peinado, pero no lograba desterrar de sus ojos esa mirada de asombro ni aprendió nunca a circunscribir el lápiz labial a los límites de la boca, lo que le daba un aire de aturdida y vulnerable incertidumbre. Consideraba que los ricos tenían más encanto que los integrantes de la clase media, y por eso aspiraba a que sus hijas fueran educadas para emular las actitudes y modales de la riqueza. Siempre buscaba barrios «bien» para vivir, aunque a veces estaban fuera de sus posibilidades económicas, y trataba de ser estricta en asuntos de decoro.

—Querida, me gustaría que no hicieras eso —le dijo a Sarah una mañana, durante el desayuno.

—¿Que no hiciera qué?

—Que no mojaras las tostadas en la leche de esa forma.

—¡Oh! —Sarah extrajo una tostada entera de su vaso de leche, untada de mantequilla, y se la llevó, chorreando, a la boca—. ¿Por qué? —preguntó después de masticar y tragar.

—Porque yo lo digo. No queda bien. Emily es cuatro años menor y no hace cosas como ésa, propia de bebés.

Siempre sugería, de una manera u otra, que Emily poseía más encanto que Sarah.

Cuando resultó evidente que no iba a triunfar en el negocio inmobiliario en Tenafly, empezó a hacer viajes frecuentes a otras ciudades, o a Nueva York. Iba y venía en el día, pero dejaba a las niñas al cuidado de otras familias. A Sarah no parecía importarle la ausencia de su madre, pero a Emily sí, no le gustaban los olores de las casas de otra gente; no podía comer; estaba preocupada todo el día, imaginándose terribles accidentes de tráfico, y si Pookie se demoraba una o dos horas, se ponía a llorar como un bebé.

Un día, durante el otoño, fueron a quedarse con una familia de apellido Clark. Llevaron las muñecas, por si tenían que estar solas, lo que parecía bastante probable, ya que los tres hijos de los Clark eran varones, pero la señora Clark le había recomendado a su hijo Myron que fuera atento, y el muchacho, que tenía once años, se tomó las tareas de anfitrión con seriedad. Se pasó la mayor parte del día tratando de lucirse.

—Eh, mirad —decía todo el tiempo—, mirad cómo hago esto.

Había una barra horizontal de acero sostenida por puntales en la parte de atrás del patio de los Clark, y Myron hacía demostraciones en ella con gran destreza. Corría hasta la barra, con la camisa asomándole bajo el jersey, la tomaba con ambas manos, pasaba las piernas por encima y se colgaba de las rodillas, con la cabeza abajo; luego se daba la vuelta y se dejaba caer al suelo en medio de una polvareda.

Más tarde les enseñó a sus hermanos y a las chicas Grimes un complicado juego de guerra, y después fueron adentro a ver su colección de sellos. Cuando volvieron a salir no les quedaba mucho por hacer.

—Eh, mirad —les dijo—. Sarah tiene justo la altura para pasar por debajo de la barra sin tocarla —era verdad: de pie bajo la barra, quedaba un espacio de un par de centímetros entre ésta y su cabeza—. Ya sé lo que vamos a hacer —dijo Myron—. Que Sarah corra hasta la barra lo más rápido que pueda, y pasará debajo de ella rozándola. Va a quedar genial.

Fijaron una distancia de treinta metros; los demás se apostaron a los costados, para observar, y Sarah empezó a correr, agitando su pelo largo. Lo que nadie había advertido era que Sarah al correr sería más alta que cuando estaba de pie, quieta. Emily se dio cuenta de ello una fracción de segundo demasiado tarde, cuando ya no había tiempo ni para gritar. Sarah se pegó justo sobre un ojo con un ruido que Emily nunca iba a lograr olvidar. *¡Ding!* De pronto, la niña se revolvía y gritaba en la tierra, con la cara cubierta de sangre.

Emily se hizo pis encima mientras corría hacia la casa con los muchachos Clark. La señora Clark también gritó un poco cuando vio a Sarah; la envolvió en una manta (había oído que a veces los accidentados pueden sufrir un *shock*) y la llevó al hospital en el coche. Emily y Myron iban en el asiento de atrás. Sarah ya había dejado de llorar (nunca lloraba mucho) pero Emily acababa de empezar. Lloró durante todo el camino al hospital y en el pasillo junto a la sala de emergencias de la que la señora Clark salió tres veces para decir, sucesivamente: «No hay fractura», «No hay conmoción», y «Siete puntos».

Luego regresaron a casa —«Nunca he visto a nadie que se portara tan bien», no cesaba de decir la señora Clark—. Sarah estaba acostada en el sofá del cuarto de estar, a oscuras. Tenía la cara hinchada, color azul y púrpura, un pesado vendaje le cubría un ojo, y encima de él le habían puesto una bolsa de hielo. Los muchachos habían vuelto a salir al patio, pero Emily no quería alejarse del cuarto.

—Debes dejar descansar a tu hermana —le dijo la señora Clark—. Ve a jugar fuera, cariño.

—Está bien —dijo Sarah con una voz extraña y distante—. Deje que se quede.

Así que a Emily la dejaron quedarse, lo que estuvo muy bien, ya que si alguien hubiera tratado de alejarla seguramente se habría resistido a patadas. Permaneció de pie en la fea alfombra de los Clark, mordiéndose el puño húmedo. Ahora ya no lloraba; se limitaba a observar a su postrada hermana en la sombra, presa de un sentimiento de terrible pérdida.

—Está bien, Emmy —le dijo Sarah con su voz distante—. Está bien. No te sientas así. Pookie va a venir enseguida.

A Sarah no le pasó nada en la vista. Sus grandes ojos castaños siempre fueron el rasgo dominante de un rostro que llegaría a ser hermoso, pero le quedó para siempre una pequeña cicatriz muy fina que bajaba de una ceja hasta el párpado como el trazo vacilante de un lápiz. Emily, cada vez que la veía, se acordaba de lo valiente que había sido su hermana para aguantar el dolor. También le hacía pensar que ella era fácil presa del pánico, y que tenía un miedo inmenso a estar sola.

2.

Fue Sarah quien le dio a Emily la primera información sobre cuestiones sexuales. Estaban comiendo helados de naranja y divirtiéndose en una hamaca rota que había en el patio de la casa que habitaban en Larchmont, en el Estado de Nueva York (una de las ciudades suburbanas en las que vivieron después de Tenafly) y a medida que escuchaba, Emily sentía que su mente se llenaba de imágenes confusas y turbadoras.

—¿Quieres decir que te lo meten *dentro*?

—Sí. Hasta el fondo. Y duele.

—¿Y si no entra?

—Oh, sí entra. Ellos hacen que entre.

—Y después, ¿qué pasa?

—Después tienes un bebé. Ésa es la razón por la que no se hace hasta que una se casa. Excepto Elaine Simko, la que va a octavo. Lo hizo con un chico, y empezó a tener un bebé, y por eso tuvo que irse del colegio. Nadie sabe ni siquiera dónde está ahora.

—¿Estás segura? ¿Elaine Simko?

—Absolutamente segura.

—¿Y por qué iba a hacer una cosa así?

—El muchacho la sedujo.

—¿Eso qué quiere decir?

Sarah sorbió su helado.

—Eres demasiado pequeña para entenderlo.

—No lo soy. Dijiste que duele, Sarah. Si duele, ¿por qué iba ella a...?

—Bueno, duele, sí, pero es bonito. ¿Sabes cuando te estás bañando, o cuando te pones la mano ahí debajo y te la pasas, y sientes...?

—¡Oh! —Emily bajó los ojos, turbada—. Ya veo.

A menudo decía «Ya veo» cuando en realidad no entendía, igual que Sarah. Ninguna de las dos comprendía por qué su madre encontraba necesario que se mudaran con tanta frecuencia —cuando empezaban a trabar amistad con alguien en un lugar ya se iban— pero nunca lo cuestionaron.

Pookie era inescrutable en muchos aspectos. «Yo les cuento todo a mis hijas —decía, con jactancia, ante otras personas—; en esta familia no hay secretos», y luego, inmediatamente, bajaba la voz para decir algo que las niñas no debían escuchar.

Siguiendo las condiciones del divorcio, Walter Grimes iba a visitar a las niñas dos o tres veces al año, vivieran donde viviesen, y en alguna ocasión se quedó a dormir en el sofá del salón. Cuando Emily tenía diez años, en Nochebuena, estuvo mucho tiempo despierta escuchando las voces de sus padres que charlaban en el piso inferior, algo totalmente desacostumbrado. Sintió que necesitaba saber lo que pasaba, así que se portó como un bebé y llamó a su madre.

—¿Qué pasa, querida? —Pookie encendió la luz y se inclinó sobre ella. Su aliento olía a ginebra.

—Tengo mal el estómago.

—¿Quieres tomar bicarbonato?

—No.

—Entonces ¿qué quieres?

—No sé.

—Te estás portando como una tonta. Te voy a arropar, y te duermes pensando en todas las cosas bonitas que tendrás para Navidad. Y no debes volver a llamarme, ¿lo prometes?

—Está bien.

—Porque papá y yo estamos hablando de algo muy importante. Estamos discutiendo algo que tendríamos que haber arreglado hace mucho, mucho tiempo, y estamos a punto de llegar a un acuerdo.

Le dio un beso húmedo, apagó la luz y corrió abajo. Siguieron conversando durante mucho tiempo, y Emily permaneció despierta, inundada de una tibia sensación de felicidad. ¡A punto de llegar a un acuerdo! Era la frase que diría una madre divorciada en una película, justo antes de que empezara la música del final.

Pero la mañana siguiente fue exactamente igual a las otras mañanas de la visita: su padre se comportó como un extraño durante el desayuno, callado y cortés, y Pookie evitó mirarlo a los ojos. Después, él llamó un taxi para ir a la estación. Al principio Emily pensó que había ido a Nueva York a traer sus cosas, pero esa esperanza se desvaneció durante los días y semanas siguientes. Nunca pudo encontrar la forma de preguntárselo a su madre, y no se lo mencionó a Sarah.

Ambas niñas tenían los dientes salidos, pero la peor de las dos era Sarah. Para cuando cumplió los catorce años apenas si podía cerrar la boca. Walter Grimes aceptó pagarle la ortodoncia, y Sarah empezó a tomar el tren a Nueva York una vez por semana. Pasaba la tarde con su padre e iba para que le ajustaran el aparato. Emily estaba celosa, tanto de la ortodoncia como de las visitas a la ciudad, pero Pookie le explicó que no podían pagar el tratamiento para las dos a la vez. Su turno llegaría más adelante, cuando fuera mayor.

Mientras tanto, el aparato de Sarah era horrible. Se le quedaban adheridos pedacitos de comida. Alguien en la escuela le dijo que parecía una ferretería ambulante. ¿A quién se le iba a ocurrir besar una boca así? ¿A quién se le iba a ocurrir siquiera estar cerca de su *cuerpo* durante algún tiempo? Sarah lavaba sus jerséis con mucho cuidado para evitar que se le destiñera el color en las axilas, aunque inútilmente: el azul marino quedaba celeste debajo de los brazos, y el rojo quedaba rosado amarillento. Tenía una doble maldición: el aparato de los dientes y la fuerte transpiración.

Una nueva maldición cayó sobre ambas niñas cuando Pookie les anunció que había encontrado una casa maravillosa en una ciudad maravillosa llamada Bradley, y que se mudarían en el otoño. Ya habían perdido la cuenta de las veces que se habían cambiado.

—Bueno, no fue tan malo, ¿no? —les preguntó Pookie después del primer día de escuela en Bradley—. Contádmelo todo.

Emily había tenido que soportar un día de hostilidad silenciosa —era una de las dos niñas nuevas en todo sexto curso— pero dijo que creía que todo había ido bien. Sarah, que estaba en primer año de la escuela secundaria, no cesaba de ponderar lo maravilloso que había sido todo.

—Se hizo una reunión especial para todas las chicas nuevas —dijo—, y tocaron el piano y las niñas que llevan varios años yendo se pusieron de pie y cantaron una canción de bienvenida.

—Eso estuvo muy bien —dijo Pookie, contenta.

Emily giró la cara, asqueada. Habrá estado «muy bien», pero era mentira; *ella* conocía muy bien la falsedad bajo las dulces palabras de bienvenida.

La primaria y la secundaria se impartían en el mismo edificio grande, así que Emily podía ver a su hermana de vez en cuando, si tenía suerte, durante el día; también podían volver a casa caminando juntas todas las tardes. Habían arreglado encontrarse en el aula de Emily cuando terminaban las clases.

Un viernes, durante la temporada de fútbol, Emily esperó y esperó en el aula vacía, sin señales de Sarah, hasta que se le hizo un nudo en el estómago de los nervios. Cuando Sarah llegó por fin, tenía una expresión extraña, con una sonrisa rara, y detrás de ella caminaba pesadamente un muchacho ceñudo.

—Emmy, te presento a Harold Schneider —dijo.

—Hola.

—Hola —era alto, musculoso, y tenía la cara llena de granos.

—Vamos a ir al partido en Armonk —explicó Sarah—. Dile a Pookie que llegaré para la cena, ¿quieres? No te importará caminar sola hoy, ¿no?

Sucedía que Pookie había ido a Nueva York esa mañana, y había dicho, durante el desayuno: «*Creo* que llegaré a casa antes que vosotras, pero no quiero prometer nada». Eso significaba que no sólo tendría que volver sola sino que estaría sola en la casa vacía durante horas, mirando los muebles y escuchando el tictac del reloj mientras esperaba. Y cuando llegara su madre y le preguntara dónde estaba Sarah, ¿cómo iba a decirle que se había ido con un muchacho llamado Harold a un lugar llamado Armonk? Era ridículo.

—¿Cómo iréis? —preguntó.

—En el coche de Harold. Tiene diecisiete años.

—Me parece que a Pookie no le va a gustar eso, Sarah. Y tú sabes muy bien que no le va a gustar. Es mejor que vengas a casa conmigo.

Sarah se volvió hacia Harold, sin saber qué hacer. La cara del muchacho se había convertido en una especie de sonrisa de incredulidad, como diciendo que nunca había visto a una chica tan malcriada en toda su vida.

—Emmy, no seas así —le imploró Sarah, pero el temblor de su voz evidenciaba que estaba perdiendo la discusión.

—¿Que no sea cómo? No hago más que decir lo que ya sabes.

Al final ganó Emily. Harold Schneider se alejó desgarbadamente por el corredor, meneando la cabeza (tal vez tendría tiempo de invitar a otra chica antes de que empezara el partido), y las hermanas Grimes volvieron juntas a casa, o mejor dicho, en fila india, con Emily delante.

—Maldita seas, maldita seas —no cesaba de repetir Sarah en la calle—. Te mataría por esto que me has hecho —dio tres pasos a la carrera y le propinó una fuerte patada en el trasero, haciéndola caer. Emily se apoyó con las manos. Se le desparramaron todas sus cosas y se le rompió la carpeta—. Te *mataría* por arruinarlo todo.

La ironía fue que Pookie ya estaba en casa cuando llegaron.

—¿Qué sucede? —preguntó, y cuando Sarah le contó toda la historia, llorando (era una de las pocas veces que Emily la había visto llorar), se hizo evidente que la equivocada había sido Emily—. ¿E iba mucha gente al partido, Sarah? —preguntó Pookie.

—Oh, sí. Todos los del último año y muchos más.

Pookie parecía menos aturdida que de costumbre.

—Bien, Emily —dijo con severidad—. Lo que hiciste estuvo muy mal, ¿entiendes? Estuvo muy, muy mal.

Hubo momentos mejores en Bradley. Ese invierno Emily se hizo de un grupo de amigos con quienes se divertía después del colegio, y eso hacía que se preocupara menos por si Pookie estaría o no cuando llegara a su casa. Ese mismo invierno Harold Schneider empezó a invitar a Sarah a ir al cine.

—¿Te ha besado ya? —le preguntó Emily después de la tercera o cuarta salida.

—Eso no te importa.

—Vamos, Sarah.

—Bueno, está bien. Sí, sí me ha besado.

—¿Cómo es?

—Es como te lo imaginas.

—¡Oh! —Emily tenía ganas de preguntarle si a él no le importaban los hierros de los dientes, pero lo pensó mejor y dijo, en cambio—: ¿Qué le ves a Harold?

—Oh, es... muy bueno —dijo Sarah, y siguió lavando el jersey.

Después de Bradley fueron a vivir a otra ciudad, y luego a otra. En esta última, Sarah terminó la escuela secundaria sin ningún plan especial para seguir en la universidad, que de cualquier modo estaba fuera del alcance de sus padres. Los dientes ya se le habían enderezado, y le habían quitado el aparato de ortodoncia. Ya casi no transpiraba en absoluto, y tenía una figura espléndida, totalmente desarrollada, que hacía que los hombres se dieran la vuelta para mirarla, y que ponía a Emily verde de envidia. Los dientes de Emily seguían un poco salidos, y a estas alturas ya no se los arreglarían (su madre había olvidado su promesa). Era alta y delgada, y de busto chato. «Tienes la gracia de una potranca, querida —le aseguraba su madre—. Vas a ser *muy* atractiva».

En 1940 volvieron a establecerse en Nueva York, y Pookie no buscó un apartamento común y corriente, sino un piso entero, un poco venido a menos, pero que en su tiempo había sido majestuoso, del lado sur de la plaza Washington, con grandes ventanales que daban al parque. Era más caro de lo que Pookie podía pagar, pero ahorró suprimiendo otros gastos. No compraban ropa nueva y comían gran cantidad de fideos. Las instalaciones del baño y de la cocina eran antigüedades herrumbradas, pero el cielo raso de todas las habitaciones era desusadamente alto y todos los visitantes no dejaban de comentar que la casa tenía «personalidad». Era una planta baja así que los pasajeros que viajaban en el piso superior de los autobuses de dos plantas que circulaban por la Quinta Avenida miraban hacia adentro cuando los transportes en dirección al centro daban la vuelta al parque. Esto tenía cierto encanto para Pookie.

Ese año Wendell L. Willkie era el candidato republicano a la vicepresidencia, y Pookie envió a las chicas para que trabajaran como voluntarias en la central nacional de la Asociación de clubes Willkie de los Estados Unidos. Pensaba que era bueno para Emily, que necesitaba hacer algo; además, y más importante, le daría oportunidad a Sarah de «conocer gente», expresión que significaba «conocer jóvenes convenientes». Sarah tenía diecinueve años, y ninguno de los muchachos que había conocido hasta entonces, a partir de Harold Schneider, había impresionado a su madre como conveniente.

Sarah conoció a mucha gente en los clubes Willkie. A las pocas semanas llevó a su casa a un joven llamado Donald Clellon. Era un muchacho pálido, muy cortés. Se vestía con tanto cuidado que lo primero que llamaba la atención era la ropa: traje a rayas, sobretodo negro con cuello de terciopelo y sombrero hongo negro. El sombrero hongo era algo extraño, ya que hacía años que había pasado de moda, pero él lo llevaba con tanta seguridad que parecía decir que estaba a punto de volver a llevarse. Hablaba de la misma manera meticulosa, casi afectada, con que se vestía; en lugar de decir «algo así», decía «algo de esa naturaleza».

—¿Qué ves en Donald? —preguntó Emily.

—Es muy maduro y muy considerado —dijo Sarah—. Y es muy... no sé, me gusta, simplemente —hizo una pausa y bajó los ojos como lo haría una actriz de cine en un primer plano—. Creo que hasta podría estar enamorada de él.

A Pookie le gustaba mucho al principio, le parecía que era encantador que Sarah tuviera un pretendiente tan atractivo, y cuando la pareja solemnemente pidió permiso para comprometerse, ella lloró un poquito pero no puso ninguna objeción.

Fue Walter Grimes, a quien el compromiso le fue presentado como un hecho consumado, el que hizo todas las preguntas. ¿Quién *era*, exactamente, este Donald Clellon? Si tenía veintisiete años, según decía, ¿cuál había sido su profesión u ocupación antes de la campaña de Willkie? Si era tan bien educado como aparentaba ser, ¿a qué universidad había ido? Finalmente, ¿de dónde venía?

—¿Por qué no se lo preguntaste a él, Walter?

—No quise intimidar al chico mientras comíamos, delante de Sarah. Creía que tú tendrías las respuestas.

—Oh.

—¿Quieres decir que no le has preguntado nada?

—Bueno, siempre me ha parecido tan... No, no le he preguntado nada.

Se sucedieron varias entrevistas tensas, por lo general tarde, cuando Pookie se quedaba levantada para esperarlos. Emily escuchaba junto a la puerta del salón.

—... Donald, hay algo que no termino de entender. Exactamente, ¿de dónde eres?

—Ya se lo he dicho, señora Grimes. Nací aquí, en Garden City, pero mis padres se mudaron muchas veces de domicilio. Me crié principalmente en el Medio Oeste. En varios lugares del Medio Oeste. Después de que muriese mi padre, mi madre se fue a vivir a Topeka, Kansas. Allí vive ahora.

—¿A qué universidad fuiste?

—Creía que se lo había dicho la primera vez que nos vimos. En realidad, no he ido a la universidad. No contábamos con suficiente dinero. Tuve la suerte de encontrar un empleo en una firma de abogados en Topeka; después de la nominación de Willkie empecé a trabajar en el club allí y luego me trasladaron aquí.

—Ya veo.

Eso pareció arreglarlo todo esa noche, pero hubo otras.

—... Donald, si sólo trabajaste en la firma de abogados durante tres años, y si entraste a trabajar en cuanto terminaste la secundaria, ¿cómo es que tienes...?

—Oh, no empecé a trabajar enseguida, señora Grimes. Primero tuve varios empleos. Trabajé con una empresa constructora, como obrero, cosas por el estilo. En cualquier cosa. Tenía que sostener a mi madre, sabe.

—Ya veo.

Finalmente, después de que Willkie perdiera las elecciones, Donald empezó a trabajar en un empleo dudoso en una oficina de corredores de bolsa en el centro, y se contradijo varias veces, revelando que no tenía veintisiete años, sino veintiuno. Se había estado aumentando la edad porque siempre se había *sentido* mayor que sus contemporáneos. Todos en el club Willkie creían que tenía veintisiete años, y al conocer a Sarah había dicho esa edad automáticamente. ¿No podía la señora Grimes comprender una pequeña indiscreción como ésa? ¿Ni Sarah tampoco?

—Bueno, pero, Donald —dijo Pookie, mientras Emily se esforzaba por no perder palabra—, si no dijiste la verdad a ese respecto, ¿cómo podemos creerte otras cosas?

—¿No pueden confiar en mí? Saben que amo a Sarah, saben que tengo un gran futuro como corredor de bolsa.

—¿Cómo sabemos eso? No, Donald, esto no puede ser. Simplemente no puede ser.

Después de que se callaran las voces, Emily se arriesgó a mirar. Pookie era la imagen de la probidad. Sarah parecía agobiada. Donald Clellon estaba sentado solo, con la cabeza entre las manos. Se veía un borde alrededor de la corona de su pelo bien peinado con brillantina: marcaba el lugar en el que había estado su sombrero hongo.

Sarah no volvió a llevarlo a la casa, pero siguió viéndolo varias veces por semana. Las heroínas de todas las películas que había visto demostraban claramente que no podía hacer otra cosa. Además, ¿qué dirían todas esas personas a quienes se lo había presentado como «mi prometido»?

—... ¡Es un mentiroso! —gritaba Pookie—. ¡Es una criatura! ¡Ni siquiera sabemos *qué* es!

—No me importa —gritaba Sarah—. Lo amo y me voy a casar con él.

Lo único que podía hacer Pookie era dejar caer las manos y ponerse a llorar. Las peleas terminaban por lo general con las dos llorando en partes distintas del viejo y elegante apartamento, mientras Emily escuchaba, chupándose los nudillos.

Todo cambió con la llegada del nuevo año: una familia se mudó al piso de arriba, y Pookie los encontró interesantes. Era una pareja de mediana edad, con un hijo mayor. Se apellidaban Wilson, y eran refugiados ingleses de guerra. Habían padecido los bombardeos de Londres (Geoffrey Wilson era demasiado reservado para hablar de ello, pero su esposa Edna contaba historias espeluznantes), y escaparon a Estados Unidos con la ropa puesta y lo que pudieron meter en las maletas. Eso era todo lo que Pookie sabía de ellos al principio, pero empezó a dar vueltas por los pasillos con la esperanza de averiguar más, cosa que pronto se cumplió.

—Los Wilson no son ingleses, en realidad —les contó a sus hijas—. Aunque una nunca se daría cuenta, por el acento, son norteamericanos. Él es de Nueva York, de una antigua familia, y ella es de los Tate, de Boston. Fueron a Inglaterra hace muchos años, por los negocios de él —representaba a una compañía norteamericana en Inglaterra— y Tony nació allí y asistió a un colegio privado. Yo me di cuenta enseguida, por la manera en que habla y las expresiones que usa. Son unas personas maravillosas. ¿Has hablado con ellos, Sarah? ¿Y tú, Emmy? *Sé* que os van a encantar. Son tan, no sé... tan maravillosamente *ingleses*.

Sarah escuchaba con paciencia, aunque no estaba interesada. La tensión causada por su compromiso con Donald Clellon empezaba a manifestarse: estaba muy pálida, y había adelgazado. Gracias a la gente que había conocido en la campaña de Willkie había conseguido un empleo, con un salario nominal, en las oficinas de ayuda a China. La habían nombrado presidenta de la Comisión de Debutantes, título que a Pookie le encantaba pronunciar, y su trabajo consistía en supervisar a las niñas ricas que se ofrecían a hacer las colectas por la Quinta Avenida para ayudar a los chinos en su guerra contra los japoneses. No era un empleo arduo, pero ella llegaba exhausta a su casa todas las noches. A veces estaba demasiado cansada para salir con Donald, y pasaba mucho tiempo en un silencio melancólico e impenetrable.

Y luego sucedió. Una mañana el joven Tony Wilson bajaba por la escalera a toda velocidad en el momento en que Sarah salía al vestíbulo, y estuvieron a punto de chocar.

—Disculpe —dijo ella.

—Disculpe —dijo él—. ¿Es usted la señorita Grimes?

—Sí. Y usted es...

—Tony Wilson. Vivo arriba.

La conversación sólo duró tres o cuatro minutos, y él volvió a excusarse nuevamente antes de irse pero tan corto tiempo bastó para que Sarah volviera a su apartamento como sonámbula. Incluso se permitió llegar tarde a su empleo. Las debutantes y las multitudes chinas bien podían esperarla.

—Oh, Emmy —dijo—. ¿Lo has visto?

—Me he cruzado con él en el vestíbulo algunas veces.

—¿Y no te parece espléndido? ¿No es la persona más... más hermosa que hayas visto?

Pookie entró en el salón, con los ojos distendidos y los irresolutos labios brillantes de panceta, pues acababa de desayunar.

—¿Quién? —preguntó—. ¿Te refieres a Tony? Oh, estoy tan contenta. Yo sabía que te gustaría, querida.

Sarah tuvo que sentarse en uno de los sillones comidos por las polillas para poder respirar.

—Oh, Pookie —dijo—. Es igual... es igual a Laurence Olivier.

Era verdad, aunque a Emily no se le había ocurrido. Tony Wilson era de mediana estatura, de hombros anchos y buen físico. Tenía el pelo castaño, ondulado, arreglado como al descuido sobre la frente y alrededor de las orejas, boca llena, de expresión humorística, y ojos que parecían estarse riendo todo el tiempo de algún sutil chiste privado que podría llegar a contar a sus íntimos. Tenía veintitrés años.

Unos días después llamó a la puerta para invitar a Sarah a comer una noche, y ése fue el fin de Donald Clellon.

Tony no tenía mucho dinero.

—Soy un obrero —decía, y trabajaba en una gran fábrica de aviones para la Armada en Long Island, aunque probablemente hacía algo de importancia que era secreto de guerra. Tenía un Oldsmobile modelo 1929, y lo conducía con gracia. Llevaba a Sarah en su coche a lugares lejanos, que quedaban en Long Island, Connecticut o Nueva Jersey, y allí comían en restaurantes que ella describía como «maravillosos». Siempre volvían a tiempo para tomar un trago en un bar «maravilloso» llamado Anatole, que Tony había descubierto al norte del East Side.

—Bueno, este tipo es completamente distinto —dijo Walter Grimes por teléfono—. Me gusta, es imposible que a uno no le guste...

—Nuestros jóvenes parecen llevarse muy bien, señora Grimes —dijo Geoffrey Wilson una tarde, junto a su esposa sonriente—. Tal vez sea el momento de que *nosotros* nos conozcamos mejor.

Emily había visto a su madre flirtear con otros hombres, pero nunca tan abiertamente como lo hacía con Geoffrey Wilson. «¡Oh, eso es maravilloso!», exclamaba cuando él decía algo gracioso, y luego se disolvía en carcajadas, mientras con coquetería se ponía el dedo medio sobre el labio superior para esconder el hecho de que sus encías se estaban contrayendo y que no tenía los dientes en buen estado.

Emily pensaba que el hombre era en verdad gracioso, no tanto por lo que decía sino por la forma en que lo decía, pero se sentía molesta por el entusiasmo de Pookie. Además, el humor de Geoffrey Wilson dependía de forma exagerada de la extraña manera en que emitía la voz; su marcado acento inglés parecía combinado con un defecto de pronunciación: hablaba como si tuviera una bola de billar en la boca. Su esposa, Edna, era una mujer rolliza, agradable, que bebía mucho jerez.

A Emily siempre la incluían en las visitas de los Wilson, tanto por la tarde como por la noche. Se quedaba en silencio, comiendo galletitas saladas mientras ellos conversaban y se reían, aunque en realidad hubiera preferido salir con Sarah y Tony en ese coche espléndido, con el pelo suelto, atractivamente despeinado por el viento, pasear con ellos por playas solitarias y luego regresar a Manhattan a medianoche y sentarse con ellos en su reservado de Anatole mientras el pianista tocaba su canción.

—¿Tony y tú tenéis una canción? —le preguntó a Sarah.

—¿Una canción? —Sarah se estaba pintando las uñas, y estaba apurada porque Tony iba a ir a buscarla en quince minutos—. Bueno, a Tony le gusta «Embrujada», pero yo prefiero «Todo lo que tú eres».

—Oh —dijo Emily, pues ya tenía música para acompañar sus fantasías—. Bueno, son dos canciones bonitas.

—¿Y sabes lo que hacemos?

—¿Qué?

—Bueno, cuando bebemos el primer sorbo nos cruzamos los brazos así, ven que te enseño. Cuidado con mis uñas —pasó el brazo por el de Emily y se llevó a los labios una copa imaginaria—. De esta manera. ¿No es hermoso?

Claro que sí. Todos los aspectos del romance de Sarah con Tony eran tan hermosos que casi no podía resistirlos.

—¿Sarah?

—¿Mmm?

—¿Harías todo lo que él te pidiera?

—¿Antes de casarnos, quieres decir? Oh, Emily, no seas ridícula.

Así que no era un romance tan profundo como el de los libros, pero aun así era muy, muy hermoso. Esa noche Emily tomó un largo baño de inmersión, y al salir, cuando empezaba a secarse, mientras todavía le chorreaba el agua por el cuerpo, se miró, desnuda, en el espejo. Debido a que sus senos eran tan magros, concentró la mirada en la belleza de los hombros y del cuello. Hizo un mohín y abrió apenas los labios, igual que las actrices del cine antes de que las besaran.

—Oh, eres encantadora —le susurró un hombre imaginario, con un marcado acento inglés, fuera de foco—. Hace mucho que te lo quería decir, y ahora debo hacerlo: es a ti a quien amo, Emily.

—Yo también te amo, Tony —murmuró, y los pezones empezaron a endurecérsele y a erguirse solos. En el trasfondo, una orquesta tocaba «Todo lo que tú eres».

—Quiero abrazarte. Deja que te abrace para siempre.

—Oh —murmuró—. Oh, Tony.

—Te necesito, Emily. ¿Me dejas... me dejas hacerte todo?

—Sí. Oh, sí. Tony, hazlo...

—¿Emmy? —era su madre, que la llamaba. La puerta del baño estaba cerrada con llave—. Hace más de una hora que entraste en el baño. ¿Qué estás haciendo ahí dentro?

Para Semana Santa, la gente con quien Sarah trabajaba le prestó un vestido muy caro, de seda pesada, un modelo de la clase de ropa que usaban las chinas aristocráticas antes de la guerra, y una capelina de paja. Su tarea consistía en mezclarse con los transeúntes elegantes de la Quinta Avenida mientras le sacaba fotos un fotógrafo de la oficina de relaciones públicas.

—Estás espléndida, querida —le dijo Pookie la mañana de Pascua—. Nunca te había visto tan bonita.

Sarah sólo frunció el ceño, lo que la hizo parecer más guapa.

—A mí qué me importa el estúpido desfile de Pascua —dijo—. Hoy Tony y yo teníamos pensado ir en coche a Amagansett.

—Por favor —dijo Pookie—. Sólo te llevará un par de horas. Tony no dirá nada.

Cuando llegó Tony dijo:

—Espléndido —después de mirar a Sarah un largo rato le dijo—: Tengo una idea. ¿Puedes esperar cinco minutos?

Lo oyeron subir corriendo la escalera, haciendo temblar la vieja casa, y al regresar lucía un chaqué, plastrón, chaleco gris perla y pantalones a rayas.

—Oh, Tony —dijo Sarah.

—Necesita un planchado —dijo él, girando para que ellas lo admiraran, mientras se tiraba de los puños de la camisa—, y debería llevar sombrero de copa gris, pero no está mal, creo. ¿Lista?

Emily y Pookie los vieron pasar en el descapotable mientras se dirigían al centro. Tony se volvió por un instante para sonreírles, mientras Sarah se sujetaba el sombrero con una mano y las saludaba con la otra. Después de un momento, desaparecieron.

El fotógrafo del departamento de relaciones públicas hizo un buen trabajo, lo mismo que los editores del rotograbado del *New York Times*. La foto apareció el domingo siguiente en una página llena de otras instantáneas menos llamativas. La cámara había captado a Tony y Sarah en el momento en que se miraban sonrientes como la encarnación misma del amor bajo el sol de primavera. Detrás de ellos había árboles y, apenas visible, una esquina del Plaza.

—Voy a conseguir reproducciones ampliadas en la oficina —dijo Sarah.

—Espléndido —dijo Pookie—. Consigue todas las que puedas. Y compremos más diarios. ¡Emmy! Saca dinero de mi cartera, corre al kiosco y compra cuatro periódicos más. No, compra seis.

—No voy a poder traer tantos.

—Por supuesto que sí.

Aunque tal vez estaba un poco fastidiada al salir, Emily sabía que era importante conseguir tantos diarios como fuera posible. Era una foto que podía ponerse en un marco, para ser atesorada para siempre.

3.

Se casaron en el otoño de 1941, en una pequeña iglesia episcopal que había elegido Pookie. A Emily le gustó la ceremonia, aunque el vestido que debía usar como madrina de boda parecía diseñado para llamar la atención sobre sus senos pequeños. Además, su madre lloró durante toda la ceremonia. Pookie había gastado muchísimo dinero en su vestido y en su sombrerito, ambos de un nuevo tono llamado rosado escandaloso, y durante semanas había contado el mismo chiste a todos los que la oían. «¿Cómo va a quedar en el diario? —preguntaba, mientras se tapaba la boca con el dedo medio—. ¡La madre de la novia lleva rosado escandaloso!». En la recepción bebió demasiado. Cuando llegó el momento de bailar con Geoffrey Wilson, pestañeó repetidas veces y se hundió ensoñadoramente en los brazos del hombre como si fuera él y no su hijo el que se parecía a Laurence Olivier. Él se sentía a todas luces turbado e intentó no ceñirla demasiado, pero ella se aferraba a él como una babosa.

Walter Grimes estuvo casi todo el tiempo solo en la fiesta, calentando su whisky, listo para sonreír a Sarah cuando ella le sonriera.

Sarah y Tony fueron a Cape Cod por una semana, mientras Emily se preocupaba por ellos. (¿Y si Sarah estaba tan nerviosa que no lo hacía bien la primera vez? Y si la primera vez no salía bien, ¿de qué podían conversar hasta volver a intentarlo? Y si se convertía en un intento tras otro, ¿eso no lo arruinaría todo?) Después fueron a vivir a un «pisito horroroso», según decía Pookie, cerca de la fábrica de aviones Magnum.

—Pero es sólo temporal —explicaba a sus amigos por teléfono—. Dentro de unos pocos meses se van a mudar a las posesiones de los Wilson. ¿No te he hablado de las posesiones de los Wilson?

Geoffrey Wilson había heredado de su padre ocho acres de tierra en el villorrio de St. Charles, en la costa norte de Long Island. En ellos había una casa de catorce habitaciones (que Pookie siempre describía como «una espléndida casona», aunque no la había visto nunca); Geoffrey y Edna irían a vivir a esa casa cuando expirara el contrato de los inquilinos que la alquilaban. Había un chalé separado que sería perfecto para Sarah y Tony. ¿No era el arreglo ideal?

Pookie hablaba tanto de las posesiones de los Wilson que apenas parecía darse cuenta de que había estallado la guerra, pero Emily no hacía más que pensar en eso. Tony era ciudadano norteamericano, después de todo; probablemente lo incorporarían al ejército, lo entrenarían y lo enviarían a morir a alguna parte.

—Tony dice que no hay que preocuparse —le aseguró Sarah un día en que ella y Pookie fueron a visitarla al «pisito horroroso»—. Aunque lo alisten está casi seguro de que los dirigentes de Magnum van a arreglar su destino a planta, como personal naval especializado. Porque Tony es prácticamente un ingeniero. Se entrenó durante tres años con una empresa de ingenieros en Inglaterra —así se hace allí en lugar de ir a una facultad de ingeniería— y los de Magnum lo saben. Es un hombre valioso.

No tenía el aspecto de hombre valioso esa tarde al regresar de la planta, con un uniforme verde de trabajo, una identificación de empleado con su nombre impreso que llevaba prendida sobre el corazón y una caja de lata para el almuerzo bajo el brazo. A pesar del atuendo, emanaba el mismo vigor y encanto elegante de siempre. A lo mejor Sarah decía la verdad.

—¿No queréis tomar algo? —dijo.

Se sentó al lado de Sarah en el sofá y llevaron a cabo el ritual del Anatole con gran cuidado, entrelazando los brazos para tomar el primer trago.

—¿Siempre hacéis eso? —preguntó Emily.

—Siempre —dijo Sarah.

Esa primavera Emily recibió una beca completa para estudiar en Barnard College.

—¡Maravilloso! —dijo Pookie—. ¡Querida, estoy tan orgullosa de ti! Eres la primera de la familia que va a recibir una educación universitaria.

—Excepto papá, claro.

—Oh. Bueno, supongo que así es, aunque me refiero a *nuestra* familia. De todos modos, es maravilloso. Vamos a contárselo a Sarah, y saldremos a celebrarlo.

Llamaron a Sarah, que se mostró muy contenta, y luego Emily dijo:

—Ahora llamaré a papá, ¿quieres?

—Supongo que sí.

—Oh. Bueno, claro, si quieres.

—... ¡Una beca *completa*! —dijo él—. Debes de haber causado una impresión magnífica.

Quedó en encontrarse con su padre para almorzar juntos al día siguiente, en uno de los restaurantes oscuros de los subsuelos cerca de City Hall que a él tanto le gustaban. Ella llegó primero y esperó junto al guardarropa. Cuando lo vio bajar los escalones al subsuelo le pareció que estaba muy viejo. Llevaba un impermeable no demasiado limpio.

—Hola, querida —dijo él—. Dios mío, cómo estás creciendo. Queremos un reservado para dos, George.

—Muy bien, señor Grimes.

Tal vez no se trataba más que de un copista, pero el *maître* lo llamaba por su nombre. El mozo también lo conocía. Sabía la clase de whisky que le gustaba, y le trajo un vaso.

—La noticia de Barnard es magnífica —dijo—. Es la mejor noticia que he recibido en años —se puso a toser y se disculpó.

La bebida lo alegró. Le brillaron los ojos y apretó los labios con placer. Tomó un segundo whisky antes de que llegara la comida.

—¿Tú fuiste a Syracuse con una beca, papá? —le preguntó—. ¿O pagaste tú?

Pareció intrigado.

—¿Syracuse? Querida, yo no terminé. Fui a la universidad un año, y después empecé a trabajar en el diario de la ciudad.

—Oh.

—¿Creías que yo me había licenciado en la universidad? ¿De dónde sacaste esa idea? ¿Te lo dijo tu madre?

—Supongo que sí.

—Tu madre interpreta las cosas a su manera.

Su padre no comió todo lo que le sirvieron, y cuando llegó el café lo miró como si no le gustara.

—Ojalá Sarah hubiera ido a la universidad —dijo—. Claro que está bien que se haya casado, sea feliz, y todo eso, pero aun así. La educación es algo maravilloso —volvió a tener un ataque de tos. Hubo de apartar la cara de la mesa y cubrirse la boca y la nariz con un pañuelo, mientras tosía y tosía. Tenía una venita hinchada en la sien. Cuando terminó la tos, tomó un sorbo de agua. Pareció mejorarlo (logró aspirar profundamente varias veces) pero enseguida volvió a toser.

—Tienes un resfriado espantoso —dijo ella cuando se serenó.

—No es tanto el resfriado como los malditos cigarrillos. ¿Sabes? Dentro de veinte años fumar será ilegal. La gente va a tener que comprarlos en el mercado negro, como compraban bebidas alcohólicas durante la prohibición. ¿Has pensado qué quieres estudiar?

—Creo que Literatura.

—Bien. Vas a leer una cantidad de libros buenos. También vas a leer algunos no tan buenos, pero aprenderás a distinguir. Vas a vivir en el mundo de las ideas durante los cuatro años antes de que tengas que enfrentarte a algo tan trivial como son las exigencias de la realidad cotidiana. Eso es lo bueno que tiene la universidad. ¿Quieres postre, conejito?

Al volver a casa ese día pensó en pedirle explicaciones a su madre acerca de Syracuse, pero luego cambió de idea. No había esperanzas de cambiar a Pookie.

Tampoco había esperanzas de cambiar la forma en que pasaban las noches desde la boda de Sarah. Algunas veces los Wilson las invitaban a su casa, o bajaban ellos, pero por lo general ambas leían revistas en el salón, mirando pasar los coches y los autobuses por la Quinta Avenida. A veces alguna de las dos comía dulces, más para matar el tiempo que porque tuviera ganas, y los domingos había buenos programas en la radio, pero por lo general lo único que tenían que hacer era esperar que sonara el teléfono. ¿Podía suceder algo más raro que eso? ¿Quién iba a llamar a una divorciada vieja, con los dientes picados, o a una muchacha fea y flaca que no hacía más que tenerse lástima a sí misma?

Una noche Emily estuvo media hora viendo cómo su madre pasaba las páginas de una revista. Lentamente, sin prestar atención, Pookie se mojaba el pulgar y lo pasaba por el extremo inferior derecho de cada página, para darle la vuelta con mayor facilidad; dejaba las esquinas de las páginas arrugadas y con un débil rastro de lápiz labial. Esa noche había comido dulce de chocolate, así que además de lápiz de labios había marcas de chocolate en las páginas. Emily no pudo resistir el proceso sin rechinar los dientes. También hacía que le picara el cuero cabelludo, y que se revolviese en el asiento. Se puso de pie.

—Me parece que voy a ir al cine —dijo—. Dicen que dan una película bastante buena en el cine de la Octava.

—Oh. Ve, querida, si tienes ganas.

Huyó al baño a peinarse, y pronto estuvo libre, caminando hacia la plaza Washington, respirando hondo, satisfecha de cómo le quedaba su casi nuevo vestido amarillo. Acababa de oscurecer y los faroles del parque brillaban entre los árboles.

—Perdón, señorita —le dijo un soldado alto que caminaba a su lado—. ¿Podría decirme dónde queda Nick's, donde tocan jazz?

Ella se detuvo, perpleja.

—Bueno, sé dónde queda, he estado allí varias veces, pero es difícil decirle cómo llegar desde aquí. Supongo que lo mejor sería bajar por Waverly hasta la Sexta Avenida, no, hasta la Séptima, y luego doblar a la izquierda, no, quiero decir a la derecha, y caminar cuatro o cinco... No, lo mejor sería ir por la calle Ocho hasta la Avenida Greenwich, que lo va a llevar...

Mientras ella balbuceaba y gesticulaba para darle indicaciones equivocadas, él sonreía pacientemente. Era un muchacho más bien feo, de ojos bondadosos, y estaba muy elegante con su uniforme de verano color tostado.

—Gracias —le dijo cuando ella terminó—. Pero tengo una idea mejor. ¿Le gustaría que diéramos un paseo en autobús por la Quinta Avenida?

Nunca le había parecido que trepar la empinada y curva escalera de un autobús de dos plantas, sin techo en la cubierta, pudiera ser el comienzo de una peligrosa aventura, ni nunca hasta ese momento había notado los latidos de su corazón. Cuando pasaron por su casa se alejó del borde y giró la cara, por si Pookie estaba mirando por la ventana.

Fue una suerte que el soldado llevara las riendas de la conversación. Se llamaba Warren Maddock o Warren Maddox; más tarde tendría que preguntárselo. Tenía tres días de licencia del campamento Croft, en Carolina del Sur, donde había completado el entrenamiento como infante, y pronto lo «embarcarían a una división», aunque ella no sabía qué quería decir eso exactamente. Su hogar se hallaba en un pueblo de Wisconsin; era el mayor de cuatro hermanos, y su padre estaba en el negocio de los techos. Ésta era su primera visita a Nueva York.

—¿Has vivido aquí toda la vida, Emily?

—No, casi siempre viví en barrios residenciales en el cinturón de la ciudad.

—Ya veo. Debe de ser curioso vivir aquí toda la vida, sin poder correr ni hacer nada. Es una gran ciudad, no me interpretes mal, pero me parece que es mejor criarse en el campo. ¿Estás en la secundaria?

—Ya no. Voy a entrar en Barnard College en otoño —después de un momento agregó—: He recibido una beca.

—¡Una beca! Eh, debes de ser muy inteligente. Mejor que me cuide con una chica como tú —al decir esto pasó la mano por el respaldo de madera y le abrazó el hombro.

Empezó a masajearle cerca del hueso de la nuca con sus grandes dedos mientras conversaba.

—¿En qué trabaja tu padre?

—Es periodista.

—¿Sí? ¿Es ése el Empire State Building, allí enfrente?

—Sí.

—Eso pensaba. Es curioso, había visto fotos, pero uno nunca se hace una idea de lo grande que es. Tienes un pelo bonito, Emily. Nunca me gustó el pelo ondulado, es mucho mejor lacio...

Cerca de la calle Cuarenta y dos la besó. No era la primera vez que la besaban, ni siquiera la primera vez que la besaban en un autobús de la Quinta Avenida; uno de los muchachos de la secundaria se había atrevido a hacerlo. Pero éste era un beso diferente.

En la calle Cincuenta y nueve musitó: «Bajémonos a caminar», y la ayudó a descender por la escalerilla ruidosa. Pronto estuvieron en Central Park. La llevaba abrazada por la cintura. Esa parte del parque estaba llena de soldados con chicas; estaban sentados en los bancos, acariciándose y besándose, o caminando en grupos o en parejas, abrazados. Algunas de las chicas que paseaban tenían los dedos dentro de los bolsillos de los uniformes de los soldados, junto a la cadera; otras los abrazaban bajo las costillas. Emily pensó si ella también debía abrazar a Warren Maddock, o Maddox, pero le pareció que hacía demasiado poco que lo conocía para eso. Sin embargo, lo había besado: ¿podría decirse que «tarde» o «temprano» tuviera importancia?

Él seguía hablando.

—No, es curioso. Algunas veces uno conoce a una chica y no sale bien; otras sí. Como ahora; hace media hora que te conozco, y ya somos viejos amigos...

La llevó por un sendero donde no parecía haber ninguna luz. Mientras caminaban el soldado dejó caer la mano de su hombro y la puso debajo del brazo, hasta que encontró un seno. Con el pulgar empezó a acariciar el pezón erecto, extraordinariamente sensible, lo que hizo que se le aflojaran las rodillas. Pasó la mano por la espalda de él como consecuencia natural.

—... Hay un montón de tipos que sólo quieren una cosa de las chicas, especialmente cuando están en el ejército. Eso no lo entiendo. A mí me gusta llegar a *conocerla,* conocer toda su personalidad, ¿te das cuenta? Eres guapa, Emily. Siempre me han gustado las chicas delgadas, las chicas esbeltas, ¿sabes?...

Sólo cuando sintió la tierra y el pasto bajo los pies se dio cuenta de que ya no caminaban por el sendero. La llevaba a través de una pequeña pradera, y cuando llegaron a una parte totalmente oscura bajo un árbol de hojas susurrantes fue del todo natural que se dejaran caer juntos, tan fácil como un paso de baile. Todo parecía ser dirigido por el pulgar de él sobre el pezón de ella. Durante un rato se retorcieron, acostados, besándose. De pronto sintió la mano de él por el muslo y la voz que le decía:

—Oh, déjame, Emily, déjame... Todo va a salir bien, tengo algo... Déjame, Emily...

Ella no dijo que sí, pero tampoco que no. Todo lo que hizo él —incluso cuando la ayudó a pasar una de las piernas por su ropa interior— parecía suceder porque era urgente y necesario: ella se sentía imposibilitada, y él la socorría y nada más importaba en el mundo.

Emily esperaba que le doliera, pero antes de que tuviera tiempo de prepararse él ya estaba dentro, lo que la sorprendió, y entonces sintió un placer insistente, que fue aumentando hacia la promesa del éxtasis, pero luego disminuyó y murió. Él se retiró, hundió una rodilla en el césped junto a la pierna de ella y se alejó rodando, mientras respiraba hondo. Después volvió rodando a su lado y la tomó en sus brazos.

—Oh —dijo—. Oh —tenía un olor agradable a sudor fresco y tela de algodón almidonada.

Ella se sintió lastimada y húmeda, y pensó que estaría sangrando, pero lo peor era el temor de que no tuvieran de qué hablar. ¿De qué se podía *hablar,* después de algo así? Cuando estuvieron debajo de un farol del parque preguntó:

—¿Tengo el vestido sucio?

Él se puso la gorra con gran cuidado y dio un paso atrás para mirarla.

—No, está bien —dijo—. Ni siquiera tienes manchas de césped. ¿Quieres que tomemos un batido, o algo así?

La llevó en taxi a Times Square y tomaron sendos batidos de chocolate sentados frente a un mostrador alto, sin hablar. Al tragar, Emily sintió que el estómago se le contraía. Se dio cuenta de que se iba a descomponer, pero lo bebió de todos modos porque era mejor eso que estar allí sentada sin decir nada. Para cuando terminó tenía tan-

tas náuseas que le pareció que no podría llegar a su casa
sin vomitar.

—¿Lista? —dijo él, limpiándose la boca, y la guió
a la vereda atestada de gente tomándola de un codo—.
Ahora dime dónde vives, y vamos a ver si podemos llegar
en el metro.

Todos los que pasaban parecían seres grotescos,
como figuras en un sueño febril: un marinero de anteojos
que la miró lascivamente, un negro borracho, vestido de
púrpura, una vieja con cuatro bolsas grasientas que musi-
taba algo. En una esquina había un cubo de basura del
ayuntamiento, hecho de alambre tejido, y al verlo corrió.
Llegó justo a tiempo. Él la siguió y trató de sostenerle los
brazos mientras vomitaba pero ella se zafó: quería salir sola
de ese trance humillante. Cuando pasaron los espasmos
extrajo un pañuelo de papel de la cartera y se limpió la
boca, pero el gusto a vómito de batido de chocolate seguía
siendo fuerte en la garganta y en la nariz.

—¿Estás bien, Emily? —preguntó—. ¿Quieres que
te consiga un vaso de agua?

—No, está bien. Me siento bien. Lo siento.

En el subterráneo él se pasó el tiempo leyendo los
anuncios publicitarios o inspeccionando las caras de los pasajeros del otro lado del pasillo, sin decir nada. Aunque
ella hubiera podido iniciar una conversación, había demasiado ruido en el tren, y habrían tenido que gritar.
Pronto se le ocurrió un pensamiento más funesto aún:
como había vomitado, él no la iba a besar para despedirse.
Al bajar del tren se sintió mejor por el aire fresco, pero el
silencio continuó hasta que llegaron a la plaza Washington, al lugar aproximado donde se habían conocido.

—¿Dónde está tu casa, Emily?

—Es mejor que no me acompañes hasta casa. Me
despediré aquí.

—¿Segura? ¿Vas a estar bien?

—Segura. Estoy perfectamente.

—Entonces vale —había estado en lo cierto. No hizo más que darle un apretoncito en el brazo y un beso en la mejilla—. Cuídate —le dijo.

Cuando se dio la vuelta para verlo marchar se dio cuenta de que no habían intercambiado direcciones, ni habían prometido escribirse. Ni siquiera estaba segura de su apellido.

—¿Emmy? —Pookie la llamó desde la cama—. ¿Qué tal la película?

Una semana después Pookie contestó el teléfono a las diez de la mañana.

—... Oh, sí, hola... *¿Qué?* Oh, Dios mío... ¿Cuándo?... Ya veo... Dios mío.

Cuando colgó el teléfono dijo:

—Tu papá murió esta mañana, querida.

—¿Murió? —Emily se sentó en una rechinante silla de respaldo recto con las manos sobre la falda. En el futuro siempre pensaría que no sintió nada cuando recibió la noticia.

Pookie dijo «Dios mío» unas cuantas veces más, como si esperara que eso la ayudase a aceptar la noticia, y luego se puso a llorar. Cuando los sollozos disminuyeron dijo:

—Murió de pulmonía. Hacía una semana que estaba enfermo y el médico estaba tratando de curarlo en la casa, pero ya conoces a tu padre.

—¿Qué quieres decir con que «lo conozco»?

—Bueno, lo conoces. En su apartamento tenía su whisky y sus cigarrillos. Finalmente ayer aceptó ir al hospital, pero ya era demasiado tarde.

—¿De dónde te han llamado? ¿Del hospital?

—Me ha llamado la señora Hammond. Ya sabes quién. Irene Hammond, la amiga de tu padre.

Pero Emily no lo sabía. Nunca había oído hablar de Irene Hammond, y ahora, cuando se le ocurrió que Irene Hammond habría sido mucho más que una amiga, empezó a sentir algo por primera vez. No era exactamente dolor; más bien pena.

—¡Qué horror tener que llamar a Sarah! Siempre fue el ojito derecho de su padre.

Cuando finalmente la llamó, con sólo oír lo que decía Pookie, Emily se dio cuenta de que Sarah había sentido un dolor inmediato y profundo. Pero si Sarah siempre había sido el ojito derecho de su padre, ¿había sido ella el ojito derecho de alguien?

En la sala del velatorio habían preparado a Walter Grimes para que pareciera más joven, y no de cincuenta y seis años: le habían pintado las mejillas y los labios. Emily no quiso mirarlo, pero Sarah se inclinó y besó el cadáver en la frente. Pookie lo besó en la boca. Emily se estremeció al verlo.

Irene Hammond resultó ser una mujer muy arreglada y bonita, de cuarenta y tantos años.

—He oído hablar tanto de vosotras, niñas —dijo, y cuando estrechó la mano de Tony Wilson le dijo que había oído hablar de él también. Luego se volvió hacia Emily y le dijo—: No te puedes imaginar qué contento estaba tu padre por la beca.

El crematorio quedaba en el condado de Westchester, y fueron en un coche de la empresa fúnebre, siguiendo al que llevaba el ataúd. Sarah y Tony iban sentados en los asientos plegables, frente a Pookie y Emily, que se situaron en el asiento posterior. Detrás de ellos circulaba otro vehículo en el que viajaban Irene Hammond y los pocos parientes de Walter Grimes que habían podido llegar desde fuera. Finalmente seguía otro coche con los empleados del *Sun*.

La ceremonia en la capilla fue muy sencilla. Tocaron música en un órgano eléctrico, un hombre de aspecto cansado leyó unas plegarias que no pertenecían a ninguna denominación religiosa, sacaron el féretro, y todo terminó.

—Esperen —dijo Sarah mientras salían. Corrió de vuelta a su banco y se hincó, presa de una nueva convulsión de llanto. Era como si el duelo de todos esos días no hubiera bastado, y fuera necesario arrugar la cara y agitar los hombros por última vez.

Emily no había derramado ni una sola lágrima. El hecho la preocupó durante todo el viaje de regreso a la ciudad. Iba con una mano entre la mejilla y el vidrio frío y tembloroso del automóvil, como si eso pudiera servir de algo. Trató de musitar «Papá», trató de cerrar los ojos e imaginar el rostro de su padre, pero fue inútil. Luego pensó en algo que hizo que se le cerrara la garganta: tal vez no había sido nunca el ojito derecho de su padre, pero él siempre le había dicho que era su «conejito». Entonces empezó a llorar con facilidad. Su madre la tomó de la mano y se la apretó. El único problema era que no sabía si lloraba por su padre o por Warren Maddock, o Maddox, que estaba de regreso en Carolina del Sur y pronto sería embarcado a una división.

Pero dejó de llorar de repente cuando se dio cuenta de que eso también era mentira: estas lágrimas, como las que había derramado en toda su vida, eran por ella, por la pobre, sensible Emily Grimes, a quien nadie entendía, y que no entendía nada.

4.

Sarah dio a luz a tres hijos varones en tres años, y la forma en que Emily podía acordarse de la edad de cada uno era: Tony Junior nació en mi primer año de la universidad, Peter cuando estaba en segundo año, y Eric en el tercero.

—Querida, no hacen más que *procrear* —dijo Pookie al enterarse de que Sarah estaba embarazada por tercera vez—. Yo creía que sólo los campesinos italianos hacían cosas así.

El tercer embarazo resultó ser el último —no habría más que tres hermanos—, pero Pookie siempre hacía notar, poniendo los ojos en blanco como si el tema fuera lamentable, que tres era demasiado.

En realidad, la noticia del primer embarazo la molestó.

—Bueno, *por supuesto,* estoy contenta —le dijo a Emily—. Es que Sarah es tan *joven* —ya no vivía sobre la plaza Washington. Pookie había conseguido un empleo modesto en una agencia inmobiliaria de Greenwich Village y se había cambiado a un pisito junto a la calle Hudson, a poca distancia de su empleo. Emily había llegado de la universidad a pasar el fin de semana con su madre, y Pookie estaba preparando sándwiches de sardina para el almuerzo. Alzó el último resto, aceitoso, de sardina, con dos dedos—. Además —dijo, chupándoselos—, además, ¿me puedes imaginar como abuela?

Emily tenía ganas de decirle que ni siquiera se la imaginaba como madre, pero se contuvo. Lo importante de esos fines de semana era poder sobrevivir. Al día siguiente irían a St. Charles, en Long Island, para visitar las posesiones de los Wilson. Era el primer peregrinaje de Emily.

—¿A qué distancia está?

—No recuerdo la cantidad exacta de kilómetros —dijo Pookie—, pero son dos horas de tren. Es un viaje bastante agradable, si uno lleva algo para leer.

Emily llevó uno de los libros que tenía que leer para sus cursos, pero no se acababa de disponer para la lectura cuando el revisor perforó el billete y les dijo algo que ella no entendió.

—¿Qué ha dicho?

—Siempre hay que cambiar de tren en Jamaica para ir a St. Charles —explicó Pookie—. No se tarda mucho.

Pero tardaron. Estuvieron paradas media hora en el ventoso andén de Jamaica hasta que llegó el tren, y ése fue tan sólo el comienzo del viaje. ¿Serían todos los trenes de Long Island tan ruidosos y sucios?, ¿estarían en tan mal estado que pedían a gritos que los repararan, o eran así sólo los que iban a St. Charles?

Cuando finalmente se bajaron en la diminuta estación, Pookie dijo:

—Por supuesto, no hay taxis debido a la guerra, pero está cerca. ¿No son hermosos los árboles? ¡Aprovecha el aire fresco!

En la corta calle principal de St. Charles pasaron por una tienda de licores, una ferretería y un negocio diminuto que anunciaba la venta de lombrices. Pronto llegaron a un camino de campo, en el que los tacones de los zapatos de Emily se iban para todos lados mientras caminaba.

—¿Falta mucho? —preguntó.

—Está después del campo próximo. Luego pasaremos junto a una zona boscosa que es parte de la propiedad, y ya llegamos. No puedo acostumbrarme a toda esta belleza.

Emily estaba dispuesta a reconocer que el lugar era bello. Descuidado, pero bello. Un sendero se desprendía del camino por entre los árboles, rodeado por altos setos susurrantes. En el lugar en que se bifurcaba Pookie dijo:

—La casa principal está allí, alcanzas a ver una esquina, pero ya iremos después, y el chalé de Sarah queda por aquí.

Era una casa de madera, con un pequeño jardín, y Sarah salió a recibirlas.

—Hola —dijo—. Bienvenidas a la casa de Pooh Corner.

Lo dijo como si lo hubiera ensayado. La manera en que estaba vestida también revelaba preparación: tenía un vestido para embarazo, fresco y alegre, que bien podía haber sido comprado para la ocasión. Estaba encantadora.

Sirvió un almuerzo tan inadecuado como las comidas de Pookie. El problema que se presentó fue que a cada rato la conversación se apagaba. Sarah quería saberlo «todo» acerca de Barnard, pero cuando Emily empezaba a hablar se daba cuenta de que los ojos de su hermana revelaban aburrimiento. Pookie dijo:

—¿No es encantador? Las tres juntas de nuevo.

Pero no era nada encantador, y el resto de la tarde estuvieron sentadas en el salón escasamente amueblado con actitudes de forzada jovialidad. Pookie fumó mucho, desparramando ceniza sobre la alfombra. Eran tres mujeres que tenían poco que decirse. En una pared había ilustraciones, a todo color, de cazas Magnum en acción; en la otra se veía la fotografía del desfile de Pascua de Sarah y Tony.

Geoffrey Wilson las había invitado a tomar cócteles a la casa principal, y Pookie no hacía más que vigilar la hora: no quería llegar tarde.

—Id vosotras dos primero —dijo Sarah—. Si Tony llega a tiempo nosotros también iremos, aunque es difícil. Últimamente ha estado haciendo horas extra.

Así que fueron a la casa principal solas. Estaba hecha de madera, también, y era alargada y fea. En algunas partes tenía tres pisos, en otras dos, con tejados negros entre los árboles. Lo primero que llamaba la atención al entrar en la casa era el olor a moho. Emanaba de los terrosos cuadros al óleo del vestíbulo, de los pisos crujientes, de las alfombras, de las paredes y del desvaído mobiliario de la larga y oscura sala.

—... Es una casa vieja —decía Geoffrey Wilson mientras le servía whisky a Pookie—, y es demasiado grande para administrar sin sirvientes, pero tratamos de arreglarnos. ¿Quieres whisky también, Emily, o prefieres tomar jerez, como Edna?

—Jerez, por favor.

—Lo peor es la calefacción —siguió diciendo—. Mi padre la construyó como casa de veraneo, así que nunca ha tenido un sistema de calefacción apropiado. Uno de los inquilinos puso un calefón de queroseno que parece vagamente adecuado, pero supongo que tendremos que cerrar la mayoría de las habitaciones este invierno. Bueno, salud.

—Me parece una casa *encantadora* —dijo Pookie, dispuesta a disfrutar de la hora de los cócteles—. No quiero que se diga nada en su contra. ¿Has visto los encantadores cuadros, Emmy? Son los antepasados de Geoffrey. Existen historias relacionadas con todo lo que hay en esta habitación.

—La mayoría son historias aburridas, debo decir —agregó Geoffrey Wilson.

—Historias fascinantes —insistió Pookie—. Oh, Geoffrey, no puedo decirte cuánto me encanta todo esto, las hermosas praderas, los bosques, el chalé de Sarah, esta hermosa casona. Tiene tanto... tanto encanto. ¿Cómo se llama?

—¿Cómo se llama?

—Todas las propiedades tienen nombre, como «Jalna», o «La casa de los tejados verdes».

Geoffrey Wilson hizo como que pensaba.

—Por el aspecto actual —dijo—, supongo que podríamos llamarla «Setos salvajes».

Pookie no se dio cuenta de que estaba bromeando.

—¡Qué bonito nombre! —dijo—. Aunque «salvajes» no es apropiado. Preferiría «Grandes setos». ¿Qué te parece?

—Mmm —dijo con amabilidad—. Sí, está bien.

—Así la voy a llamar yo desde ahora —anunció ella—. «Grandes setos», St. Charles, Long Island, Nueva York.

—Bien —él se volvió hacia Emily—. ¿Qué tal tu... universidad?

—Oh, muy... interesante.

Emily bebió un sorbo y se reclinó, observando cómo se emborrachaba su madre. Sabía que no tardaría mucho. Con el segundo trago Pookie empezó a monopolizar la conversación, contando largas anécdotas sosas acerca de las casas en las que había vivido, echándose hacia delante en el profundo sillón, los codos sobre las rodillas ligeramente separadas. Sentada frente a ella, Emily podía ver cómo se le aflojaba la cara mientras conversaba y bebía, y observar cómo se iban separando las rodillas, hasta mostrar las ligas, la parte interior, fofa, de sus muslos desnudos, y finalmente la entrepierna de su ropa interior.

—... no, la casa más bonita que tuve estaba en Larchmont. ¿Te acuerdas de Larchmont, querida? Teníamos puertas ventana, y un techo de pizarra verdadera. Claro que era demasiado cara para nosotras, pero en cuanto la vi dije: «*Allí* es donde yo quiero vivir», entré y firmé el contrato. A las chicas les encantó. Nunca me olvidaré... Gracias, Geoffrey, uno más, y después nos vamos...

¿Por qué no podría emborracharse en silencio, con las piernas escondidas entre los almohadones, como Edna Wilson?

—¿Un poco más de jerez, Emily?

—No, gracias, estoy bien.

—Y naturalmente las escuelas eran magníficas en Larchmont; ésa es una de las razones por las que me hubiera gustado quedarme. Sin embargo, siempre pensé que les hacía muy bien a las chicas cambiar de casa, ir a varios lugares, y además...

Para cuando estuvo dispuesta a irse, Geoffrey Wilson tuvo que ayudarla a llegar a la puerta. Estaba oscureciendo. Emily la tomó del brazo —le pareció blando y débil— y caminaron entre los árboles y arbustos descuidados hacia el largo camino que llevaba a la estación. Sabía que Pookie se dormiría en el tren, o por lo menos, así lo deseaba, ya que eso sería mejor que el quedarse despierta, conversando. Comerían un perrito caliente con café en la estación Pennsylvania, si es que comían algo. Pero no le importaba: el fin de semana había terminado, prácticamente, y faltaban unas horas para regresar a la universidad.

La universidad era el centro de su vida. Antes de ir a Barnard, nunca había oído usar la palabra «intelectual» como sustantivo, pero desde entonces la tomó en serio. Era un sustantivo valiente, un sustantivo orgulloso que sugería una vida dedicada a cosas superiores y un frío desprecio por todo lo vulgar. Una intelectual podía perder su virginidad con un soldado en un parque, pero también podía aprender a considerar el hecho con irónico y divertido desinterés. Una intelectual podía tener una madre que mostraba la ropa interior cuando estaba borracha, pero eso no debía preocuparla. Emily Grimes no sería una intelectual todavía, pero si tomaba apuntes en todas las clases, incluso en las más aburridas, y leía todas las noches hasta que le dolieran los ojos, sólo era cuestión de tiempo. Algunas chicas de su clase, e incluso unos pocos muchachos de Columbia ya pensaban que ella era una intelectual por la manera de conversar.

—No sólo es aburrida —dijo una vez, refiriéndose a una pesada novela del siglo XVIII—, sino que además es *perniciosa* —durante los días siguientes, varias chicas usaron la palabra «pernicioso» de manera muy liberal.

Pero una intelectual no se distinguía únicamente por su forma de hablar, o por el hecho de que figurara todos los semestres en la lista del decano o pasara el tiempo libre en museos y conciertos, o viendo películas «artísticas». Había que aprender a no quedarse muda cuando se entraba en una fiesta llena de intelectuales mayores, que ya se habían ganado el derecho de ser así llamados, ni tampoco cometer el error de hablar demasiado y decir una imbecilidad o una atrocidad tras otra con la esperanza de borrar la imbecilidad o la atrocidad que acababa de decir. Y si una hacía el ridículo en una fiesta así, había que aprender a no caer presa de un estado agónico de depresión esa noche en la cama.

Había que ser una persona seria pero —¡oh, enloquecedora paradoja!— había que pretender que una nunca tomaba nada en serio.

—Creo que has estado muy bien —le dijo un hombre de rostro ajado en una fiesta, cuando ella estaba en segundo año.

—¿Yo qué? ¿Qué quieres decir?

—Hace un momento, cuando hablabas con Lazlow. Yo estaba escuchando.

—¿Hablando con quién?

—¿No sabías quién era? Clifford Lazlow, Ciencias políticas. Es un tigre.

—Oh.

—De todos modos, has estado muy bien. No te mostraste intimidada pero tampoco agresiva.

—Pero se trata de un hombrecito gracioso, con gafas bifocales.

—Eso es gracioso —agitó los hombros regordetes para simular un ataque de risa—. Eso es verdaderamente gracioso. Un hombrecito gracioso, con gafas bifocales. ¿Te puedo invitar a una copa?

—No, en realidad, yo... bueno, está bien.

Se llamaba Andrew Crawford y era estudiante graduado de Filosofía. El pelo húmedo le colgaba sobre los ojos cuando hablaba y a Emily le daban ganas de peinárselo con los dedos. En realidad, no era un gordinflón, como le había parecido a primera vista: tenía cierto atractivo personal, especialmente cuando se apasionaba al hablar, pero necesitaba pasar más tiempo al aire libre. Cuando terminara el doctorado, dijo, iba a seguir enseñando —«Si el ejército no me atrapa, aunque no hay muchas probabilidades de eso; soy un desastre físicamente»—. También iba a viajar. Quería ver lo que quedara de Europa, ir a Rusia y también a China. El mundo iba a ser hecho de nuevo, de manera impredecible, y no quería perderse nada. Pero principalmente quería enseñar.

—Me gusta el aula —dijo—. Parece pomposo, pero me gusta la vida académica. ¿Qué estudias?

—Acabo de empezar segundo. Estudio Literatura, pero no...

—¿De verdad? Pareces mayor. Quiero decir, no que seas mayor, sino que *pareces* serlo. La manera en que te desenvuelves, la manera en que te las arreglaste con Lazlow. Hubiera jurado que eras una estudiante graduada. Tienes algo... no sé. Pareces muy segura de ti misma. De manera positiva, quiero decir. Estas fiestas se ponen espesas después de un rato, ¿no crees? Todo el mundo trata de gritar más que el otro, como si fuera un juego en el que hay que anotarse tantos. Todo es ego, ego, ego. ¿Quieres otra copa?

—No, es mejor que me vaya.

—¿Dónde vives? Te llevaré a tu casa.

—No, en realidad, estoy con alguien.

—¿Con quién?

—No lo conoces. Con Dave Ferguson. Está allí, junto a la puerta. El alto.

—¿Con él? Pero no tiene más de *quince* años.

—Eso es una tontería. Tiene veintiuno.

—¿Por qué no está en el ejército? Un muchacho robusto como él.

—Tiene una rodilla mal.

—¡Una rodilla mal! —dijo Andrew Crawford—. De jugar al fútbol. Oh, sí, ya conozco a esa clase de tipos.

—Vaya, no sé qué pretendes decir, pero yo...

—No estoy queriendo decir nada. Nunca quiero decir nada. Siempre digo exactamente lo que quiero decir.

—De todas formas, me tengo que ir.

—Espera —la siguió en medio de la multitud—. ¿Te puedo llamar uno de estos días? ¿Me das tu número de teléfono?

Mientras él escribía el número, se preguntó por qué se lo había dado. ¿No hubiera sido fácil decirle que no a Andrew Crawford? Pero ése era el problema: *no* hubiera sido fácil. Tenía algo —los ojos, la boca, los hombros débiles— que indicaba que si le decía que no, se sentiría terriblemente herido.

—Gracias —dijo él, guardando el número en el bolsillo, con la apariencia de un niño al que habían escogido especialmente para elogiarlo—. Muchas gracias.

—¿Quién era el gordito? —preguntó Dave Ferguson cuando salieron.

—No sé. Un estudiante graduado de Filosofía. Aunque yo no diría que es gordo —después de un momento dijo—: Sí arrogante —pero nuevamente se sintió preocupada: no era correcto llamarlo arrogante.

—Se quedó fascinado contigo.

—Dices lo mismo de todos.

Era una noche clara, y disfrutaba caminando con Dave Ferguson. La llevaba abrazada, pero no de la manera desesperada, aferrante, de otros muchachos: las piernas de él seguían el mismo paso que las de ella, y ambos hacían con sus zapatos una cadencia aguda y vigorosa.

—¿Puedo subir? —le preguntó ante la puerta de casa. Ahora tenía su propio apartamento, «aprobado por la universidad», le había permitido «subir» dos o tres veces, y en dos ocasiones se había quedado toda la noche.

—Me parece que esta noche no, Dave —dijo, sin mirarlo a los ojos—. En realidad estoy muy...

—¿Qué te pasa? ¿Estás enferma?

—No, sólo que estoy tan cansada que quiero irme a dormir enseguida. Y mañana tengo ese horrible examen de Chaucer.

Después de volverse para mirar cómo se alejaba por la acera, agobiado dentro de su impermeable, se preguntó por qué lo había rechazado. La vida era confusa.

Algo penoso que aprendió en la universidad fue a sentirse más inteligente que su hermana. Hacía años que se sentía más inteligente que su madre, pero eso era distinto; cuando sucedió lo mismo con Sarah le pareció que la había traicionado.

Empezó a notarlo cuando fue con Pookie a St. Charles a poco de nacer el segundo hijo de Sarah. Tony Junior ya caminaba, y estaba babeando, prendido de las piernas de su madre, mientras miraban al recién nacido en la cuna.

—Me parece que Peter es un nombre encantador —dijo Pookie—. Y tienes razón, Sarah, *es* distinto. Él y el pequeño Tony tienen dos personalidades completamente distintas. ¿No te parece, Emmy?

—Mmm.

Cuando terminó la inspección y se durmieron los niños, se sentaron en el salón y Sarah sirvió tres vasos de jerez. Evidentemente, había adquirido la costumbre de Edna Wilson.

—Oh, ¡qué estupendo es sentarse! —dijo.

En verdad parecía muy cansada, pero empezó a cambiar de aspecto a medida que hablaba. Había ocasiones, especialmente cuando tenía un poco de alcohol en las venas, en las que Sarah podía llegar a ser tan conversadora como su madre.

—... No pude evitar pensar en papá en agosto, me parece que fue en agosto, cuando se rindió Italia. ¿Visteis los periódicos ese día? ¿Los titulares? Bueno... el *News* (ése es el único que recibimos, a Tony le gusta), bueno, el *News* traía «Italia abandona la lucha». Pero ese día fui al pueblo y vi los otros diarios. El *Times* y el *Tribune* decían «Italia se rinde», o algo por el estilo, igual que la mayoría de los diarios. Pero ¿sabéis lo que decían los titulares del *Sun,* el diario de papá? El querido diario decía «Italia capitula». ¿Os dais cuenta? ¿Os podéis imaginar a papá escribiendo un titular así, o permitiendo siquiera que lo escribieran? Se hubiera muerto. Quiero decir —agregó rápidamente—, no lo hubiera permitido —y tomó un buen trago.

—No entiendo —dijo Emily.

—Oh, Emmy —dijo Sarah—. ¿Cuántas personas saben lo que quiere decir «capitular»?

—¿Sabes tú lo que quiere decir?

Sarah parpadeó.

—Bueno, pero ¿cuántas otras personas lo saben? Y para un diario que se supone que debe llegar a millones de personas, no sé. Me pareció curioso, eso es todo.

—Maravilloso —dijo Pookie.

Sarah se reclinó en el sofá, alzando las piernas y sentándose sobre los talones —¿le habría copiado ese gesto también a Edna Wilson?— y lanzó el monólogo siguiente con el entusiasmo de una actriz que sabe que su público estará encantado.

—Oh, *tengo* que contaros esto —empezó—. Antes que nada, recibí una carta de Donald Clellon el año pasado, y él...

—¿De Donald Clellon? ¿En serio?

—Una especie de esquela, muy triste, pero eso no es importante. Me contaba que estaba en el ejército y que siempre pensaba en mí, ese tipo de cosas, y que estaba en el campamento Upton. De cualquier manera...

—¿Cuánto hace de eso?

—No sé, hará un año. De cualquier manera, el mes pasado tuvimos una alarma de bombardeo aquí, ¿os enterasteis?

—Oh, *no* —dijo Pookie con aflicción.

—Bueno, no fue nada, por supuesto. Sólo duró unas pocas horas. *Yo* no me asusté, pero muchos vecinos no hicieron más que hablar del asunto durante días. De todos modos, anunciaron por la radio que uno de los soldados de Upton había hecho sonar la alarma por error, y yo dije (se lo dije a Tony, que se rió una barbaridad), yo dije: «Apuesto a que fue Donald Clellon».

Pookie echó la cabeza hacia atrás y lanzó una carcajada, mostrando los dientes cariados, y Sarah no pudo evitar reírse también.

—Bueno, pero esperad —dijo Emily, mientras su madre y su hermana se recobraban—. Upton es sólo un centro de reclutamiento. Se quedan allí unos pocos días hasta que los trasladan a otros campamentos de instrucción básica, y luego los embarcan a las divisiones. Si Donald te escribió hace un año, ahora debe estar fuera del país —estuvo a punto de agregar: «Tal vez ha muerto», pero no quiso exagerar la nota.

—¿Sí? —dijo Sarah—. Eso no lo sabía, pero aun así.

—Oh, Emmy —dijo Pookie—. No eches a perder el cuento. ¿Dónde está tu sentido del humor? —y repitió, para saborear la historia—: Apuesto a que fue Donald Clellon.

Emily no sabía qué la divertía, pero ciertamente no ese tipo de cosas, ni tampoco la divertía la casona, adonde fueron esa tarde con Pookie para hacer la ritual visita a los Wilson. Supuso que todo había quedado atrás, en la escuela secundaria, con todo lo demás que importaba.

Durante un tiempo creyó que Andrew Crawford la llamaría cualquier día; luego dejó de pensar en ello, y pasó más de un año hasta que él la llamó. Ya estaba en tercero.

Había roto con Dave Ferguson y había pasado seis semanas románticas y melancólicas con un muchacho llamado Paul Resnick, que estaba esperando que lo reclutaran. Más tarde él le envió una larga carta desde el fuerte Sill, en Oklahoma, en la que le explicaba que la amaba pero que no quería atarse. Ese verano Emily trabajó en una librería, en Broadway. «Los estudiantes de Literatura son buenos vendedores de libros —le dijo el gerente—; yo siempre los prefiero». Luego, el invierno siguiente, Andrew Crawford la llamó, de manera inesperada.

—No estaba seguro de que te fueses a acordar de mí —le dijo mientras se sentaban en un reservado de un restaurante griego cerca de la Universidad de Columbia.

—¿Por qué tardaste tanto en llamarme?

—Soy tímido —dijo él, abriendo la servilleta—. No me animaba, y además estaba enredado con una jovencita cuyo nombre no voy a mencionar.

—Oh. ¿Cómo te llaman tus amigos? ¿Andy?

—Dios mío, no. «Andy» sugiere un tipo diabólico, sádico, y yo no soy de ésos. Me llaman por el nombre entero. Ya sé que es largo, como Ernest o Clarence, pero estoy acostumbrado.

Por la forma en que comía, Emily se dio cuenta de que disfrutaba de la comida —*era* un poco regordete— y no dijo mucho hasta que quedó satisfecho. Para entonces tenía un ligero brillo de grasa alrededor de la boca. Luego empezó a hablar como si la conversación fuera otro placer sensual, usando palabras como «tangencial» y «reductivo». Habló de la guerra, no como un cataclismo que pronto podría llegar a devorarlo —volvió a decir que era un desastre físicamente— sino como un complejo y fascinante juego internacional; luego habló de libros que ella nunca había leído y de autores de los que ni siquiera había oído hablar. Después pasó a la música clásica, tema del que ella no sabía prácticamente nada.

—... y sabrás que la parte del piano en esa sonata es una de las más difíciles que existen. Desde el punto de vista técnico, quiero decir.

—¿También eres músico?

—Lo fui, en cierto modo. Estudié piano y clarinete muchos años. ¿Sabes?, yo era una de esas criaturas molestas llamadas «niños prodigio». Cuando me di cuenta de que no tenía talento como ejecutante, intenté componer. Estudié composición con Eastman hasta que se vio que tampoco tenía mucho talento para eso. Entonces abandoné del todo la música.

—Debe de ser... doloroso hacer algo así.

—Oh, claro, me destrozó el corazón. Pero en aquellos días sentía que se me destrozaba el corazón una vez al mes. Todo era cuestión de intensidad. ¿Qué te gustaría de postre?

—¿Cada cuánto se te destroza el corazón ahora?

—¿Mmm? Oh, con menor frecuencia. Tal vez dos o tres veces al año. ¿Postre? Aquí hacen un *baklava* exquisito.

Emily decidió que Andrew le gustaba. No le gustaba la grasa alrededor de la boca, pero se la limpió antes de comer el *baklava,* y le gustaba todo lo demás de él. Ninguno de los muchachos que había conocido poseía una cultura general tan amplia ni opiniones tan bien fundadas. Era un verdadero intelectual. Tampoco había conocido a nadie que tuviera la suficiente madurez como para despreciarse a sí mismo. Eso era, exactamente: no era un muchacho. Tenía treinta años. Había aprendido a vivir en el mundo.

Mientras caminaban, Emily se apretó a su brazo, y cuando llegaron a la puerta de su casa le dijo:

—¿Te gustaría subir a tomar una taza de café?

Dio dos pasos hacia atrás en la acera, mostrándose sorprendido.

—No —dijo—. En realidad, no. Pero muchas gracias, otra vez.

Ni siquiera la besó. No hizo más que sonreír y luego un torpe ademán de despedida con la mano al alejarse. Una vez arriba, Emily caminó por su cuarto mordiéndose los nudillos, preguntándose qué equivocación había cometido.

Pero la volvió a llamar a los pocos días. Esta vez fueron a un concierto de obras de Mozart, y cuando llegaron a la casa de ella, él dijo que sería agradable tomar un poco de café.

Se sentó en el sofá cama que le había ayudado a comprar su madre en el Ejército de Salvación, y mientras preparaba el café en la *kitchenette* pensaba si sería mejor sentarse junto a él o en la silla frente a la mesita. Decidió sentarse a su lado, pero él pareció no notarlo. Cuando ella se echaba para atrás él lo hacía hacia delante, para revolver el café, y cuando ella se echaba hacia delante él se reclinaba. No dejaba de hablar, primero sobre el concierto, luego sobre la guerra, el mundo y su persona.

Ella buscó un cigarrillo (tenía que hacer algo con las manos) y acababa de encenderlo cuando él se le tiró encima. Volaron chispas por el pelo de ella y por el vestido. Se puso de pie y empezó a sacudirse, y él se deshizo en disculpas.

—Lo siento mucho. Fui muy torpe. Siempre hago cosas así... debes de pensar...

—No es nada —le dijo—. Me has sorprendido, eso es todo.

—Lo sé. Lo siento mucho.

—No tienes por qué. No ha pasado nada.

Apagó el cigarrillo y volvió a sentarse a su lado, y esta vez él pudo abrazarla sin inconvenientes. Cuando la besó, ella notó que tenía la cara rosada. No trató de acariciarle los pechos o los muslos, como hacían todos; parecía disfrutar abrazándola y besándola, lo que acompañaba con gemiditos.

Después de un rato se echó hacia atrás y dijo:

—¿A qué hora tienes clase mañana?

—Oh, no importa.

—Sí que importa. Mira la hora que es. Debo irme.

—No, quédate, por favor. Quiero que te quedes.

Sólo entonces empezó a hacerle el amor. Gimiendo, se quitó la chaqueta y la corbata y las tiró al suelo. Luego, con urgencia, la ayudó a desabrocharse el vestido. Con unos pocos movimientos rápidos ella transformó el sofá en cama y se acostaron, debatiéndose, jadeando y aferrándose. Tenía un torso cálido y pesado, suave al tacto, pero era fuerte.

—Oh —dijo—. Oh, Emily, te amo.

—No, no, no digas eso.

—Pero es verdad. Tengo que decirlo. Te amo.

Estuvo acariciándole un pecho durante un rato, y luego el otro. Después de un tiempo largo se alejó un poco y le dijo:

—¿Emily?

—¿Sí?

—Lo siento... no puedo. Esto me pasa a veces. No puedo.

—Oh.

—No te imaginas cuánto lo siento. Es una de esas... ¿Me odias?

—No, por supuesto que no, Andrew.

Con un gran suspiro se incorporó con esfuerzo y se sentó en el borde de la cama. Parecía tan abatido que ella lo abrazó.

—Bueno —dijo él—. Me gusta que me abraces así. Y es verdad: te amo. Eres deliciosa. Eres dulce y saludable y buena y te amo. Sólo que parece que esta noche no puedo... actuar.

—Shh, shh. No importa.

—Dime la verdad. ¿Te ha sucedido esto antes? ¿Te ha fallado un hombre antes?

—Seguro.

—Lo dirías aunque no fuera verdad. Dios, eres una gran chica. Escúchame, Emily, esto sólo me pasa algunas veces. ¿Me crees?

—Por supuesto.

—El resto de las veces todo sale bien. Dios, en ocasiones puedo hacerlo una y otra vez hasta que...

—Shh, shh. Está bien. Es esta noche. Habrá otras.

—¿Me lo prometes? ¿Me prometes eso?

—Por supuesto.

—Maravilloso —dijo, dándose la vuelta para abrazarla.

Durante una semana, no sólo por la noche sino también por la mañana y por la tarde, volvieron a intentarlo, sin éxito. Después ella se acordaba principalmente del calor y el sudor de su lucha, y el olor de la cama.

Varias veces ella comentó: «Debe de ser culpa mía», pero él le dijo que si hablaba así sólo empeoraría las cosas.

En una ocasión él casi lo logró: logró penetrarla, y ella lo sintió.

—¡Ahí está! —dijo él—. ¡Ahí está, Dios mío! —pero al poco tiempo estaba fuera, sobre ella, resollando y llorando por la derrota—. No pudo ser —dijo.

Ella le acarició el pelo húmedo.

—Fue maravilloso por un minuto.

—Eres muy amable, pero no hubo nada de «maravilloso». Era sólo el comienzo.

—Bueno, fue el comienzo, Andrew. La próxima vez será mejor.

—Eso es lo que digo siempre. Cada vez que te dejo y vuelvo a entrar en ese mundo miserable, brutal y chillón pienso que la próxima vez lo haré mejor. Pero siempre pasa exactamente lo mismo.

—Shh, shh. Durmámonos ahora. Luego, a lo mejor por la mañana...

—No. Por la mañana es peor. Ya lo sabes.

Durante un día cálido de febrero, cuando la nieve empezó a derretirse, la llamó para anunciarle que había tomado una decisión. No podía discutirlo por teléfono: ¿podían verse en el West End a las cuatro y media?

Lo encontró solo en el bar, bebiendo una jarra de cerveza, con un pie apoyado sobre la baranda inferior del mostrador, y al conducirla al reservado caminó con grandes zancadas, levemente agobiado. Volvió a notar algo: cuando lo encontraba en alguna parte, en un bar o en una esquina, siempre se movía con la gracia de un atleta inactivo.

Se sentó muy pegado a ella en el asiento, sosteniéndole la mano entre las cervezas, y le dijo que había decidido ver a un psicoanalista. Alguien de su departamento le había dado el nombre del tipo; ya había arreglado la primera sesión, y estaba dispuesto a ir con tanta frecuencia como fuera necesario —dos, tres veces por semana—, no le importaba. Gastaría todos sus ahorros y buena parte de su sueldo —incluso tal vez tendría que pedir dinero prestado— pero no había otra salida.

—Bueno... has sido muy valiente, Andrew.

Le apretó la mano.

—Valiente no. He cometido un acto de desesperación. Debí haberlo hecho hace años. Emily, ésta es la parte difícil: me parece que no debemos vernos mientras dure la terapia. Por un año, digamos. Después te volveré a buscar, pero por supuesto para entonces tendrás a otro hombre. Sólo puedo guardar la esperanza de que estés libre. Porque la verdad es que quiero casarme contigo, Emily...

—¿Quieres *casarte* conmigo? Pero ni siquiera...

—Por favor —dijo él, cerrando los ojos como si sufriera—. Ya sé lo que ni siquiera he hecho.

—No iba a decir eso. Iba a decirte que ni siquiera te habías declarado.

—Eres la chica más dulce, sana y amable que he conocido —dijo, pasándole el brazo por la espalda—. Por supuesto que no lo he hecho, ¿cómo hacerlo, bajo estas circunstancias? Pero cuando pase este año, en cuanto esté... bueno, ya sabes, volveré para hacerte la propuesta matrimonial más apasionada que hayas oído. ¿Me entiendes, Emily?

—Bueno, sí. Excepto que yo... Bueno, sí. Seguro que te entiendo.

—Maravilloso. Ahora salgamos de aquí antes de que me ponga a llorar.

Era un bonito día, con parejas jóvenes caminando por la calle, disfrutando de la falsa primavera, y él la condujo rápidamente a una floristería en la esquina.

—Te voy a meter en un taxi para que te lleve a tu casa —dijo—, pero primero te voy a regalar unas flores.

—No, es una tontería. No quiero flores.

—Sí. Espera —salió de la tienda con una docena de rosas amarillas y se las entregó—. Ponlas en agua; así te acordarás de mí hasta que se marchiten. ¿Emily? ¿Me echarás de menos?

—Por supuesto.

—Imagínate que he ido a la guerra, igual que todos los otros hombres, mejores que yo. Está bien. No alarguemos la despedida —la besó en la mejilla, y luego se alejó a grandes pasos, moviéndose siempre de esa manera atlética que no era natural en él; detuvo un taxi y le abrió la puerta para que ella subiera, sonriendo con unos ojos brillantes ligeramente fuera de foco.

Mientras el coche se alejaba, ella se volvió en medio del fuerte aroma de las rosas para ver si él le decía adiós con la mano, pero sólo alcanzó a verle la espalda en medio de la multitud de la acera.

Aparte de las ganas que tenía de llorar, no sabía en realidad qué sentía. Trató de aclarar su estado de ánimo durante el viaje hasta su casa, y finalmente descubrió, al subir la escalera, que sentía un alivio inmenso.

Al poco tiempo de terminar la guerra en Europa, un joven marino mercante entró en la librería y empezó a hablarle como si la conociese de toda la vida. Tenía las uñas rotas y negras, pero sabía recitar de memoria pasajes enteros de Milton, Dryden y Pope sin tratar de aparentar. Le dijo que a bordo del barco había mucho tiempo para leer. Llevaba un suéter negro que parecía demasiado abrigado para la estación, y tenía una cabeza grande y pelo rubio; era bien parecido, y ella se lo describió como de tipo «nórdico». Se quedó hablando, echando todo el peso en un pie, luego en el otro, con una pila de libros contra la cadera, y ella sintió deseos enormes de tocarlo. Temía que se fuera de la librería sin pedirle una cita, y estuvo a punto de hacerlo; dijo: «Bueno, hasta pronto», y empezó a alejarse, pero enseguida se dio la vuelta y dijo:

—Eh, ¿a qué hora sales de aquí?

Estaba alojado en un hotelucho en Hell's Kitchen. Ella pronto llegó a saber todo acerca de ese hotel, el olor a orines y a desinfectante del pasillo, el lento ascensor, la raída alfombra verde de su cuarto. Su barco estaba siendo reparado totalmente en los astilleros navales de Brooklyn, así que se quedaría en Nueva York todo el verano. Se llamaba Lars Ericson.

Era duro y terso como el marfil, hermosamente proporcionado; al principio pensó que nunca se saciaría de él. Le gustaba estar acostada en la cama y mirarlo caminar desnudo por el cuarto: le recordaba al David de Miguel Ángel. Tenía pequeñas protuberancias carbuncales en la nuca y en los hombros, pero si se ponía ligeramente bizca no las veía.

—... ¿Y no has recibido ningún tipo de educación?

—Por supuesto que sí. Te lo he dicho. Hice hasta octavo grado.

—¿Y sabes hablar cuatro idiomas?

—Eso no te lo he dicho nunca. Sólo sé hablar bien francés y español. Mi italiano es muy básico.

—Ah, Dios, eres maravilloso. Ven aquí...

Soñaba con que él quisiera ser escritor o pintor; lo veía trabajando en una casa de la playa, batida por el viento, como Eugene O'Neill, mientras ella se metía en el agua hasta los muslos para juntar almejas y mejillones para la cena. Las gaviotas revoloteaban, chillando, sobre su cabeza. Sin embargo, él estaba completamente satisfecho siendo marino. Decía que le gustaba la libertad que le daba.

—Sí, pero ¿libertad para hacer qué?

—No necesariamente para hacer nada, sino tan sólo para ser.

—Ya veo. Por lo menos, creo.

Ella pensó que en ese verano voluptuoso y vigorizante que pasó con Lars Ericson se había dado cuenta de muchas cosas. Pensó que todos los años pasados en la universidad fueron tiempo perdido. A lo mejor todos perdían el tiempo en la universidad. A lo mejor eso tenía algo que ver con la tragedia de un hombre como Andrew Crawford: había dado su vida al ambiente académico, no sólo la mente, sino toda su vida, y eso había secado su virilidad.

De cualquier manera, no había ciertamente nada malo con la virilidad de Lars Ericson. Crecía en él como la resistente rama de un árbol; la aguijoneaba, la penetraba, se sumergía en ella; la llevaba lenta y firmemente hacia un delirio prolongado para el cual la única expresión posible era un grito; la dejaba débil, sin respiración, sintiéndose mujer y ansiando más.

Una noche, cuando yacían exhaustos en la cama llamaron a la puerta y se oyó la voz de un adolescente que decía:

—¿Lars? ¿Estás ahí?

—Estoy aquí —respondió él—, pero estoy ocupado. Tengo visita.

—Oh.

—Te veré mañana, Marvin —dijo—. O tal vez no, pero ya sabes, uno de estos días.

—Está bien.

—¿Quién era? —preguntó ella cuando se alejaron los pasos.

—Un chico del barco. Le gusta venir a jugar al ajedrez. Me da un poco de lástima: está solo, y no tiene qué hacer.

—Tendría que conocer a una chica.

—Oh, me parece que es demasiado tímido para eso; sólo tiene diecisiete años.

—Apuesto a que *tú* no eras tan tímido cuando tenías su edad. O no, espera, apuesto a que eras tímido, pero las chicas no te dejaban tranquilo. No sólo las chicas. Las mujeres mayores. Mujeres mayores, elegantes y experimentadas, con apartamentos lujosos. ¿Correcto? Y te llevaban a su apartamento y te quitaban toda la ropa con los dientes, y te pasaban la lengua por todo el pecho, y se arrodillaban para rogarte. ¿Correcto? ¿No era así?

—No sé, Emily. Tienes mucha imaginación.

—Tú *enciendes* mi imaginación; *alimentas* mi imaginación. Oh, aliméntame. Aliméntame.

Una tarde se presentó en el piso de ella con un traje nuevo, barato, color azul humo, con hombreras. Ningún muchacho de Columbia se hubiera puesto ni muerto un traje azul, pero en el caso de él, sólo realzaba su encanto. Le dijo que había pedido prestado un coche para esa noche. ¿No tenía ganas de dar un paseo hasta la bahía de Sheepshead, y comer en un restaurante de la playa?

—Me encantaría. ¿A quién le has pedido el coche?

—Oh, a un amigo. A un hombre que conozco.

Mientras atravesaban Brooklyn parecía preocupado. Conducía con una mano y con la otra jugaba, tocándose la boca, tirándose repetidas veces del labio inferior y dejando que pegara contra los dientes. Apenas si le habló. Ella tenía esperanzas de que se sentaran lado a lado en el restaurante, para que él pudiera pasarle el brazo por la espalda y hablaran en voz baja y rieran durante la comida, pero se sentaron frente a frente en una mesa grande en medio del suelo cubierto de serrín.

—¿No hay un lugar por aquí —preguntó ella— donde ir a bailar después de la cena?

—Yo no conozco ninguno —dijo él mientras comía un bocado de langosta.

La comida le cayó pesada, y sintió sus efectos en el viaje de regreso —las patatas fritas eran muy grasientas— y Lars no rompió el silencio hasta que encontraron dónde aparcar cerca de su piso. Entonces, sentados en el coche inmóvil, mirando hacia delante, a través del parabrisas, él le dijo:

—Emily, me parece que no debemos vernos más.

—¿Por qué?

—Porque he de ser leal a mi propia naturaleza. Tú eres muy buena y nos hemos divertido, pero tengo que pensar en mis propias necesidades.

—Yo no te ato, Lars. Eres tan libre como...

—Yo no he dicho que me estuvieras atando. Sólo he dicho que tengo que ser leal a mí mismo... Emily, resulta que hay otra persona.

—¿Oh? ¿Y cómo es ella?

—No se trata de una chica —dijo, como si eso lo solucionara todo—. Es un hombre. Soy bisexual, ya sabes.

De repente se le secó la boca.

—¿Quieres decir homosexual?

—Por supuesto que no, y deberías darte cuenta. He dicho *bisexual*.

—¿No es lo mismo?

—No, no lo es en absoluto.

—Pero te gustan más los hombres que las mujeres.

—Me gustan los dos. He disfrutado de una clase de experiencia contigo; ahora estoy listo para otro tipo de cosas.

—Ya veo —dijo ella. ¿Y cuándo iba a dejar de decir eso, si en realidad no veía nada?

La acompañó hasta la puerta de la casa y se quedaron frente a frente, separados.

—Siento que tengamos que terminar de esta manera —dijo él. Se puso una mano sobre la cadera y miró calle abajo como para que ella pudiera admirarle el perfil. Estaba más parecido que nunca al David de Miguel Ángel, incluso con ese traje horrible.

—Adiós, Lars —dijo ella.

No habría más sexo, se prometió mientras daba golpes a la almohada con el puño en su apartamento. Conocería hombres, saldría con ellos, se reiría, bailaría, haría todo lo que se suponía que una debía hacer, pero nada de sexo hasta que... bueno, hasta que no estuviera completamente segura de lo que hacía.

Rompió la promesa en noviembre con un maciento estudiante de Derecho que le dijo que era comunista, y la volvió a romper en febrero con un muchacho inteligente que tocaba la batería en una orquesta de jazz. El estudiante de Derecho dejó de llamarla porque dijo que era «ideológicamente impura», y resultó que el que tocaba la batería tenía otras tres chicas.

Luego volvió la primavera. Estaba a punto de graduarse en la universidad sin tener ni idea de qué hacer con su vida. Ya era casi tiempo de que Andrew Crawford terminara su exilio psicoanalítico.

—¿Emily? —le dijo por teléfono una noche—. ¿Estás sola?

—Sí. Hola, Andrew.

—No te imaginas cuántas veces he empezado a marcar tu número sin completar la llamada. Pero estás allí. Estoy hablando contigo. Escucha: antes de seguir tengo que saber algo. ¿Estás... tienes un hombre?

—No.

—Eso me parece demasiado bueno para ser... No me atrevía a esperarlo.

Se reunió con él en el West End la tarde siguiente.

—Dos cervezas —le dijo él al camarero—. O no, espera. Dos martinis muy secos.

Estaba casi igual, tal vez un poco más gordo, aunque no estaba segura. Tenía la cara brillante por la tensión nerviosa.

—... no hay nada más aburrido que el que a uno le hablen sobre el análisis de otra persona —estaba diciendo—, así que no me voy a referir a eso. Sólo te diré que fue una experiencia tremenda. Difícil, dolorosa; Dios, no podrías imaginarte qué dolorosa, pero una experiencia tremenda. Tal vez continúe durante varios años más, pero ya he dado la vuelta a la primera esquina. Me siento mucho mejor. El mundo ya no está lleno de temores. Me parece que sé quién soy por primera vez en la vida.

—Bueno, es magnífico, Andrew.

Él sorbió ávidamente su martini y se reclinó sobre el asiento con un suspiro, dejando caer una mano sobre el muslo de ella.

—Y tú, ¿cómo estás? —dijo—. ¿Qué tal te ha ido este año?

—Oh, no sé. Bien, supongo.

—Prometí no hacerte preguntas —dijo él—, pero ahora que tengo uno de tus maravillosos muslos en la mano he de saberlo. ¿Cuántas relaciones amorosas has tenido?

—Tres.

Dio un respingo.

—Dios mío. Tres. Tenía miedo de que dijeras ocho o diez, pero en cierta forma tres es peor. Sugiere relaciones reales e importantes. Sugiere que has estado enamorada de tres hombres distintos.

—No sé lo que es el amor, Andrew. Te lo he dicho antes.

—Me lo dijiste el año pasado. ¿Todavía no lo sabes? Bueno, bien; eso es algo, de todos modos. Porque yo *sí* sé lo que es el amor, y voy a hacer de todo para que tú también lo sepas. «Hacer de todo...» parece querer decir... Oh, perdóname.

—No tienes por qué disculparte.

—Lo sé. Eso es lo que me dice siempre el doctor Goldman. Dice que me he pasado la vida pidiendo disculpas.

Bebieron más martinis en el restaurante griego, y luego vino con la cena, y cuando salieron para dirigirse a la casa de ella, Andrew parecía un poco borracho. Emily no sabía si era buena o mala señal.

—Esto está tomando todo el aspecto de un importante evento deportivo —dijo él cuando se acercaban a la casa—. Una pelea por el campeonato, o algo así. El que ha desafiado al campeón por el título se ha estado entrenando durante un año. ¿Logrará triunfar en esta ocasión? No se pierdan el primer asalto después de estos anuncios...

—No sigas, Andrew —le pasó el brazo por sus anchos hombros—. No es así en absoluto. Vamos a subir a hacer el amor.

—Ah, es que tú eres tan buena. Eres tan buena, dulce y sana.

Lo intentaron durante horas; no dejaron nada por intentar pero no fue mejor que la mejor de las veces anteriores. Finalmente él se sentó con la cabeza gacha en el borde de la cama, como sobre el banquito de un boxeador.

—Así es —dijo—. *Knockout* técnico en el cuarto asalto. ¿O fue en el tercero? Has ganado, y sigues siendo la campeona.

—No digas eso, Andrew.

—¿Por qué no? Sólo trato de no tomármelo a pecho. Por fin los periodistas deportivos podrán decir que asumí la derrota con donaire.

A la noche siguiente se anotó una victoria. No fue perfecta —en el momento del clímax ella no le correspondió tan plenamente como sentía que debía haberlo hecho— pero fue lo que el autor de cualquier manual sexual hubiera descrito como una actuación adecuada.

—... oh, Emily —dijo, cuando hubo recobrado el aliento—, oh, si esto hubiera sucedido aquella primera vez, el año pasado, en lugar de todas esas noches desdichadas de...

—Shh, shh —ella le acarició el hombro—. Todo eso pertenece al pasado.

—Sí —dijo él—. Al pasado. Pensemos ahora en el futuro.

Se casaron poco tiempo después de la graduación de Emily. Fue una ceremonia civil en el ayuntamiento. Asistieron únicamente los testigos, un matrimonio amigo de Andrew, de apellido Kroll. Después atravesaron el parque de City Hall, caminando, para tomar «el desayuno nupcial», como insistía en llamarlo la señora Kroll. Fueron a uno de los restaurantes, siempre atestados al mediodía, que Emily había frecuentado con su padre años atrás.

Primero se lo dijeron a las respectivas madres. Pookie lloró al teléfono, cosa que Emily sabía que sucedería, y les hizo prometer que la visitarían la noche siguiente. La madre de Andrew, que vivía en Englewood, Nueva Jersey, los invitó para el domingo próximo.

—... oh, es un encanto, querida —le dijo Pookie cuando pudo arrinconarla en la cocinita de su apartamento del centro, mientras Andrew tomaba el café en la habitación contigua—. Al principio me... bueno me asustó un poco, pero cuando una lo llega a conocer es buenísimo. Y me encanta la manera formal que tiene de hablar; debe de ser *muy* inteligente...

La madre de Andrew era mayor de lo que Emily esperaba, una mujer de pelo azul, arrugada y empolvada, con medias elásticas tres cuartos. Estaba sentada en un sofá tapizado en zaraza, con tres gatos persas blancos, en una habitación que olía como si acabaran de pasar la aspiradora. Repetidas veces, cuando miraba a Emily, parpadeaba, como si tuviera que acordarse de que Emily estaba allí. En un vestíbulo brillante y sin ventilación llamado «el cuarto de música» había un piano vertical y una fotografía enmarcada de Andrew, a los ocho o nueve años, vestido con un traje de marinero, sentado en el taburete del piano con un clarinete sobre el regazo regordete. La señora Crawford abrió el piano y miró como suplicándole a su hijo.

—Toca algo, Andrew —dijo—. ¿Te ha oído tocar Emily?

—Mamá, por favor. Sabes que ya no toco más.

—Tocas como un ángel. A veces, cuando oigo algo de Mozart o de Chopin en la radio, cierro los ojos —los cerró—, y me imagino que estás aquí, aquí en este mismo piano...

Finalmente cedió: tocó una breve selección de Chopin y hasta Emily se dio cuenta de que iba rápido y se equivocaba a propósito.

—¡Dios mío! —dijo en el tren de regreso a Nueva York—. Cada vez que voy allí me lleva varios días recobrarme, días enteros hasta poder *respirar* de nuevo...

Quedaba una sola visita por hacer, a Sarah y Tony en St. Charles, y la pospusieron para finales del verano, cuando Andrew compró un coche usado.

—Bueno —dijo él mientras iban velozmente por la carretera de Long Island—. Por fin voy a conocer a tu bella hermana y a tu encantador, romántico cuñado. Tengo la impresión de que hace años que los conozco.

Estaba muy susceptible y huraño, y ella sabía por qué. Su funcionamiento sexual había sido adecuado todo el verano, con traspiés ocasionales, pero últimamente, en la última semana, había decaído por completo. La noche anterior había eyaculado antes de tiempo sobre una pierna de Emily, y después había llorado en sus brazos.

—¿Estuvo en la guerra?

—¿Quién?

—Laurence Olivier. ¿A quién crees que me estoy refiriendo?

—Ya te lo he dicho —dijo ella—. Le tocó la Marina, pero lo destinaron a Magnum como personal especializado.

—Bueno, por lo menos no estuvo en el asalto de Normandía —dijo Andrew— y ganó la Estrella de Plata con catorce ramilletes de hojas de roble. No tendremos que soportar eso esta noche.

No fue fácil encontrar St. Charles entre las líneas semejantes a patas de araña del mapa de carreteras, pero una vez en la aldea Emily vio mojones (SE VENDEN GUSANOS) para poder guiar a Andrew hasta la casa de los Wilson y junto al camino había un cartelito, escrito a mano, con las palabras GRANDES SETOS, y Emily reconoció la letra de Sarah.

Los jóvenes Wilson estaban sentados sobre una frazada frente a la casa con sus tres hijos, que gateaban y hacían ruido alrededor de ellos. Era una tarde de sol. Los Wilson estaban tan absortos que no vieron llegar a sus huéspedes.

—Ojalá tuviera una cámara —dijo Emily—. Forman un cuadro encantador.

—¡Emmy! —Sarah saltó y corrió por el césped con los brazos extendidos—. Y tú eres Andrew Crawford, es un placer conocerte.

El saludo de Tony fue menos efusivo. Sus ojos sonrientes, arrugados en el rabillo, parecían más divertidos que agradados, como si estuviera pensando «¿Debo esforzarme por ser simpático con este tipo? ¿Sólo porque está casado con la hermana menor de mi mujer?». Sin embargo, le estrechó la mano con firmeza y dijo todas las frases apropiadas.

—No sabía que Eric caminara —dijo Emily.

—Por supuesto —le dijo Sarah—. Tiene casi dieciocho meses. Y ése es Peter, el que tiene la cara llena de migas de galletita, y el grande es Tony Junior. Tiene tres años y medio. ¿Qué os parecen?

—Son preciosos, Sarah.

—Salimos para tomar el sol antes de que se pusiera —dijo Sarah—, pero entremos. Ya es hora de los cócteles. ¿Quieres sacudir la frazada, querido? Está llena de migas de galletita.

La hora de los cócteles, en el salón esmeradamente pulcro, hizo que los Crawford tuvieran que presenciar con una sonrisa helada la ceremonia de cruzar los brazos de los Wilson, aprendida en Anatole. Durante un tiempo que pareció interminable, la reunión siguió sin cobrar animación. Las sombras se alargaron sobre el suelo y las ventanas que daban al Oeste se tiñeron de oro brillante, pero los cuatro continuaban tiesos y tímidos. Hasta Sarah hablaba menos que de costumbre: no contó ninguna de sus anécdotas interminables, y excepto por unas preguntas torpemente formuladas acerca del trabajo de Andrew, parecía reprimida en su presencia, como si tuviera miedo de parecer trivial ante un hombre tan culto.

—Filosofía —dijo Tony, haciendo girar los cubitos de hielo en su vaso—. Me temo que toda esa disciplina es un misterio para mí. Debe de ser muy difícil de leer, y mucho más de enseñar. ¿Cómo se enseña?

—Oh, bueno —dijo Andrew—, uno trata de educar a los pobres hijos de puta.

Tony rió entre dientes, en señal de aprobación, y Sarah se volvió sonriente hacia él como diciéndole «¿Has visto? ¿Has visto? Te dije que Emmy no se iba a casar con un imbécil».

—¿Cuándo vamos a comer? —preguntó Tony.

—Déjame fumar un cigarrillo más —dijo Sarah—. Luego acuesto a los niños, y comemos.

La carne al horno no era suficiente y estaba demasiado cocida, lo mismo que las verduras, pero ella ya le había advertido a Andrew que no esperara gran cosa. Parecía que la visita iba a resultar un éxito después de todo, para los cuatro, hasta que volvieron al salón.

Sirvieron más bebidas entonces, en vasos más grandes, y tal vez todo se debió a eso: Andrew no estaba acostumbrado a beber mucho, y se puso demasiado insistente, recomendando una película yugoslava, un filme que había visto con Emily.

—... no creo que nadie deje de conmoverse —concluyó—, nadie que crea en la humanidad.

Tony pareció dormitar durante todo el discurso de Andrew, pero la última frase lo despertó.

—Oh, yo creo en la humanidad —dijo—. No hay nada malo con la humanidad —luego su boca tomó una forma especial, lista para emitir una frase de ingenio sutil, digna de aplausos—: Me gusta todo el mundo, excepto los negros, los judíos y los católicos.

Sarah había empezado a reírse anticipadamente, pero cuando oyó lo que dijo se le terminó la risa y bajó los ojos, revelando la pequeña cicatriz blanco azulada que se había hecho contra la barra. Se hizo un silencio incómodo.

—¿Es eso algo que aprendiste en la escuela en Inglaterra? —preguntó Andrew.

—¿Mmm?

—He dicho que si eso lo habías aprendido en tu escuela en Inglaterra. ¿Te enseñaron a decir cosas así?

Tony pestañeó, sorprendido; luego musitó algo inaudible —tal vez «Digo yo» o «Lo siento», o tal vez alguna otra cosa— y miró su vaso fijamente con una sonrisita de cansancio, como diciendo que ya estaba harto de tonterías como ésa.

De alguna manera se restableció cierto decoro. Con esfuerzo finalizaron el ritual con una conversación de cosas intrascendentes, sonrisas y buenas noches. Luego quedaron libres.

—El caballero de campo —dijo Andrew, tomando fuertemente el volante con las dos manos mientras zumbaban por la carretera de regreso—. Se crió con la clase media alta en Inglaterra. «Es prácticamente un ingeniero.» Vive en un lugar llamado «Grandes setos». Le ha dado tres hijos a su bella esposa. Y termina diciendo cosas como ésa. Es un hombre de Neanderthal. Un cerdo.

—Hizo algo inexcusable —dijo Emily—. Totalmente inexcusable.

—Ah, y ya que estamos, es verdad lo que me dijiste —siguió diciendo Andrew—, no leen nada, excepto el *Daily News*. Cuando fui al baño pasé una pila de diarios como de un metro de alto, y es el único material de lectura en todo el nidito de amor.

—Lo sé.

—Ah, pero lo amas, ¿no?

—¿Qué? ¿Qué quieres decir? Yo no lo «amo».

—Me lo has dicho —dijo Andrew—. Ahora no te puedes desdecir. Me dijiste que cuando se comprometieron tenías fantasías en las que figuraba él. Imaginabas que tú eras la única a quien él amaba.

—Oh, vamos, Andrew.

—Y puedo imaginarme lo que hacías para mantener vivas esas fantasías, para avivarlas. Apuesto a que te masturbabas pensando en él. ¿Verdad? Apuesto a que te tocabas los pezoncitos hasta que se te ponían duros, y después...

—Basta, Andrew.

—... y después bajabas..., imaginándotelo todo el tiempo, imaginando lo que diría él y cómo se sentiría y lo que te haría... y luego abrías las piernas...

—Quiero que termines de decir esas cosas, Andrew. Si no lo haces voy a abrir la puerta y me voy a tirar del coche.

—Está bien.

Ella pensó que la rabia que tenía lo haría acelerar, pero siguió manteniendo el coche a una velocidad por debajo de la máxima permitida. En la luz azulada del tablero su perfil tenía la mirada tensa de quien se controla en una situación desesperada. Desvió la mirada de él y se puso durante un rato largo a mirar por la ventanilla, dejando pasear la vista sobre una tierra oscura y chata que se movía lentamente, y el latir rojo de las luces de torres de radio en la distancia. ¿Había mujeres que se divorciaban con menos de un año de casadas?

Él no volvió a hablar hasta que cruzaron el puente de Queensboro y empezaron a desplazarse con lentitud a través del tráfico que iba en dirección a su casa. Entonces dijo:

—¿Quieres que te diga algo, Emily? Odio tu cuerpo. Supongo que también lo amo, o por lo menos Dios sabe que trato de hacerlo, pero al mismo tiempo lo odio. Odio lo que me hizo sufrir el año pasado, lo que me hace sufrir ahora. Odio tus pechos sensibles. Odio tu culo y tus caderas, la forma en que se mueven y giran; odio tus muslos, la forma en que se abren. Odio tu cintura y tu vientre, tu gran monte peludo, tu clítoris y tu vagina. Le voy a repetir esta declaración al doctor Goldman mañana y él me va a preguntar por qué la hice, y yo le voy a decir: «Porque *tenía* que hacerla». ¿Ves entonces, Emily, entiendes? Digo todo esto porque *tengo* que decirlo. Odio tu cuerpo —le temblaban las mejillas—. Odio tu cuerpo.

Segunda parte

1.

Durante algunos años después de divorciarse de Andrew Crawford, Emily trabajó como bibliotecaria en una empresa de agentes de bolsa de Wall Street. Luego consiguió otro empleo: se unió al personal editorial de una revista de comercio, bisemanal, llamada *Food Field Observer*. Era un trabajo agradable, que no exigía mucho esfuerzo, y consistía en escribir noticias e historias de fondo para la industria de comestibles; algunas veces, cuando componía un titular con rapidez, que le salía bien de entrada, pensaba en su padre. Siempre existía la remota posibilidad de que el trabajo la llevara a una verdadera revista, lo que sería divertido; además, en la universidad había aprendido que el propósito de una educación en las artes liberales no era entrenar la mente, sino liberarla. No importaba lo que una hiciera para ganarse la vida; lo importante era la clase de persona que se era.

La mayor parte del tiempo se consideraba una persona responsable y bien equilibrada. Ahora vivía en Chelsea, en un apartamento de ventanas altas que daba a una calle tranquila. Podría haberlo transformado en un apartamento «interesante», si le hubiera importado lo suficiente para preocuparse por cosas así; de cualquier modo resultaba lo bastante grande como para dar fiestas, y le gustaban las fiestas. También era un cálido hogar temporal para una pareja, y en esa época hubo muchos hombres.

En el lapso de dos años tuvo dos abortos. El primero hubiera sido el hijo de un hombre que no le gustaba mucho, y el problema principal en el segundo caso fue que no estaba segura de quién podía ser el padre. Después del segundo aborto no fue a la oficina por una semana; se quedó sola en el apartamento, saliendo a veces a caminar con dificultad y mucho dolor por las calles vacías. Pensó en ir a un psiquiatra —algunas de las personas que conocía lo hacían— pero le iba a salir muy caro y tal vez no valiera la pena. Además, tuvo una idea más saludable. Sobre una mesa baja y fuerte puso la máquina de escribir portátil que le había regalado su padre cuando terminó la secundaria y empezó a redactar un artículo para una revista.

EL ABORTO: LA OPINIÓN DE UNA MUJER

Le gustó el título tentativo, pero no podía decidir cómo empezarlo.

Es doloroso, peligroso, «inmoral» e ilegal, pero sin embargo cada año más de... millones de mujeres abortan en los Estados Unidos.

Eso sonaba bien, pero la obligaba a una especie de tono exhortatorio que tendría que mantener en todo el artículo.

Intentó otro enfoque.

Como muchas muchachas de mi edad, siempre había considerado que el aborto era algo espantoso, y que si una debía acudir a él tenía que hacerlo con el miedo y el espanto que están reservados para el descenso a los últimos círculos del infierno.

Eso sonaba mejor, pero aun después de cambiar «muchachas» por «mujeres» no la terminó de convencer. Había algo mal.

Decidió no escribir la primera oración por el momento y zambullirse en la parte principal del artículo. Pasó muchas horas escribiendo párrafos y fumando cigarrillos que no era consciente de prender o apagar. Después lo releyó, lápiz en mano, y escribió las correcciones en los márgenes, a veces páginas enteras de nuevo. («Rev. A., párrafo 3, pág. 7.») Todo el tiempo sentía que había encontrado su vocación. Pero la pila desordenada de páginas la esperaba por la mañana, después de un sueño lleno de interrupciones, y entonces debía reconocer, con la mirada gélida de un editor, que no era bueno en absoluto.

Cuando terminó su semana de baja por enfermedad volvió a la oficina, agradecida por el ritmo ordenado del día de ocho horas de trabajo. Durante varias tardes y la mayor parte de un fin de semana trabajó en el artículo del aborto, pero finalmente lo guardó en una caja de cartón que llamaba «mis ficheros», y cerró la máquina. Necesitaba la mesa para las fiestas.

De repente llegó 1955, y ella tenía treinta años.

—... Y por supuesto, si quieres hacer carrera trabajando, por mí está muy bien —le dijo su madre durante una de las raras y temidas tardes en que Emily fue a cenar a su apartamento—. Ojalá yo hubiera podido encontrar una carrera satisfactoria cuando tenía tu edad. Sólo que me parece...

—No se trata de una «carrera»; no es más que un empleo.

—Con mayor razón, entonces. Sólo que me parece que es tiempo de que... oh, no voy a decir «de sentar la cabeza», Dios sabe que yo nunca lo hice, sólo que...

—Que me case de nuevo. Y tenga hijos.

—Bueno, ¿qué tiene eso de extraño? ¿No conoces a *ningún* hombre joven con quien quieras casarte? Sarah me dijo que a ella y a Tony les encantó el último que llevaste a su casa; ¿cómo se llamaba? ¿Fred no sé qué?

—Fred Stanley.

Había terminado por aburrirla hasta tal punto que no lo soportó más, todo al cabo de unos pocos meses; lo había llevado a St. Charles por un impulso caprichoso, porque era presentable.

—Oh, lo sé, lo sé —dijo Pookie con una sonrisa de quien conoce el mundo hasta el cansancio, mientras comía sus fideos fríos. Tenía dientes postizos ahora, lo que había mejorado mucho su sonrisa—. No es cosa mía.

Sus asuntos afloraron esa noche, más tarde, después de beber demasiado: era una queja que Emily había oído muchas veces ya.

—¿Sabes que hace más de *seis meses* que no voy a St. Charles? Sarah no me invita nunca. Y *sabe* que me encanta ir y estar con los chicos. Llamo todos los domingos y me dice: «Bueno, supongo que ahora querrás hablar con los chicos» y por supuesto, me encanta hablar con ellos y oír sus voces, con Peter especialmente, es mi preferido, y luego cuando terminamos habla ella de nuevo y me dice: «Esto te está costando una fortuna, Pookie, es mejor que pensemos en tu cuenta de teléfono». Y yo le digo: «No *importa* la cuenta del teléfono, quiero hablar *contigo*», pero no me invita nunca. Y las veces, las pocas veces que yo misma lo he sugerido, dice: «Me parece que el próximo fin de semana no es conveniente, Pookie». ¡Ja! «Conveniente.»

Había una chorreadura de salsa de tomate en la barbilla de su madre, y Emily tuvo que resistir el impulso de levantarse y limpiársela.

—... y cuando pienso, cuando *pienso* en todas las semanas que pasé allí mientras Tony estaba en la Marina y los tres chicos usaban pañales, y yo cocinaba y fregaba y la caldera no funcionaba casi nunca ni la bomba tampoco, y teníamos que acarrear el agua desde la casa principal... Entonces nadie me preguntó si era «conveniente» para *mí* —para rematar su discurso echó la larga ceniza de su cigarrillo en el suelo, como desafío, y tomó un nuevo sorbo de su whisky con soda de un vaso turbio y lleno de huellas digitales—. Supongo que podría llamar a Geoffrey; él lo entiende. Él y Edna probablemente me invitarían, pero aun así...

—¿Por qué no lo haces? —dijo Emily, mirando el reloj—. Llama a Geoffrey, y a lo mejor te invita un fin de semana.

—Veo que estás mirando el reloj. Está bien. Está bien. Ya sé. Tienes que volver a tu trabajo y a tus fiestas y a tus hombres o a todo lo que haces. Ya sé. Vete —y Pookie agitaba su húmedo cigarrillo en señal de despedida—. Vete —dijo—. Vete, no pierdas tiempo.

La primavera siguiente quedó vacante el puesto de editor gerente de *Food Field Observer,* y durante algunos días Emily pensó que la ascenderían, pero el puesto lo ocupó alguien de fuera, un hombre llamado Jack Flanders. Era muy alto y delgado, con un rostro triste y sensible. Emily no podía quitarle los ojos de encima. La oficina de él estaba separada de la suya por un panel de vidrio: podía observarlo cuando fruncía el ceño, escribiendo a mano o a máquina, cuando hablaba por teléfono, cuando se ponía de pie y miraba por la ventana como si estuviera absorto en sus pensamientos (que no podían tener nada que ver con su trabajo). Le recordaba un poco a su padre, hacía mucho tiempo. Una vez, mientras él hablaba por teléfono, vio que sonreía con tanto placer que supuso que estaba hablando con una mujer, y sintió un ataque irracional de celos.

Tenía una voz profunda y resonante, y era muy cortés... Siempre le decía «Gracias, Emily», o «Está muy bien, Emily» cuando ella le llevaba algo relacionado con sus obligaciones, y una vez le dijo «Qué bonito vestido», pero nunca la miraba a los ojos.

Un día que tenían que terminar un encargo con urgencia, cuando todo el mundo estaba cansado por exceso de trabajo, ella abrió un sobre de papel marrón y encontró dentro seis fotos brillantes de lo que parecía una caja chata o una bandeja hecha de cartón blanco poroso. Cada caja era de proporciones distintas y cada fotografía había sido tomada desde un ángulo diferente, con distinta iluminación, para acentuar un aspecto determinado de su diseño. El artículo que acompañaba a las fotos desbordaba entusiasmo; tenía frases como «concepto revolucionario» y «nuevo y audaz enfoque», pero de la información se desprendía que se trataba de una nueva manera de empaquetar cortes de carne para su venta en supermercados. Emily escribió una historia que ocupaba media columna, con una cabecera a dos columnas; luego señaló cuatro de las fotos para su inclusión en la revista, escribió breves leyendas sobre cada una y le llevó el trabajo terminado a Jack Flanders.

—¿Por qué tantas fotos? —le preguntó él.

—Mandaron seis; sólo usé cuatro.

—Mmm —dijo, frunciendo el ceño—. ¿Por qué no habrán fotografiado algún trozo de carne también? Un par de costillas de cerdo, por ejemplo. O la mano de un hombre sosteniendo la caja, para que uno se pudiera dar cuenta del tamaño.

—Mmm.

Observó atentamente las cuatro fotos durante un rato largo. Luego dijo:

—¿Sabes una cosa, Emily? —y la miró con el esbozo de la misma sonrisa que ella le había visto hacer al teléfono el otro día—. Hay momentos en que una palabra, una sola palabra, vale mil fotos.

Más tarde, cuando pensaba en ello, Emily se daba cuenta de que no había tenido ninguna gracia, pero en el momento —y a lo mejor fue por la forma en que él lo dijo— ella no pudo evitar la risa. No podía parar de reírse; se sentía débil, y tuvo que apoyarse contra el escritorio para no caerse. Cuando terminó vio que él la miraba con una expresión tímida y feliz.

—¿Emily? —dijo—. ¿Quieres salir a tomar algo conmigo esta noche?

Hacía seis años que se había divorciado. Tenía dos hijos que vivían con la madre, y escribía poesía.

—¿Has publicado? —le preguntó ella.

—Tres veces.

—¿En revistas, quieres decir?

—No, libros. Tres libros.

Vivía en una de las grises manzanas de edificios del sector oeste de la veintitantos, al lado de la Quinta Avenida, donde hay ocasionalmente edificios de apartamentos encerrados entre comercios, y su piso era lo que podía llamarse espartano, sin alfombra, ni cortinas, ni televisor.

Después de la primera noche juntos, cuando parecía evidente que este hombre alto y flaco era exactamente el tipo que siempre había querido, ella empezó a inspeccionar sus libros, vestida con la bata de él, hasta que encontró tres tomitos con el nombre de John Flanders en el lomo. Él estaba en la cocina preparando café.

—Dios, Jack —gritó ella—. Fuiste un «Joven poeta de Yale».

—Sí, bueno, es como una lotería —dijo él—. Tienen que darle el premio a alguien todos los años —pero su humildad no era auténtica: notó lo contento que estaba de que ella hubiera encontrado el libro; era casi seguro que él se lo habría mostrado en caso contrario.

Lo giró para leer la contracubierta: «John Flanders constituye una auténtica voz nueva, pródiga en sabiduría, pasión y perfecto dominio técnico. Regocijémonos por su don poético».

—¡Magnífico!

—Sí —dijo él con el mismo tono entre modesto y orgulloso—. No es gran cosa. Te lo puedes llevar, si quieres. Me gustaría que te lo llevaras, en realidad. El segundo libro está bien, también. Tal vez no sea tan bueno como el primero. Te ruego que no pierdas el tiempo con el tercero. Es asqueroso. No te imaginas lo malo que es. ¿Tomas azúcar y leche?

Mientras tomaban café, mirando los edificios de firmas comerciales de un color verdusco terroso, por la ventana, ella dijo:

—¿Qué estás haciendo en una revista sobre comercio?

—Algún empleo he de tener. Y sucede que el trabajo es fácil; puedo hacerlo con los ojos cerrados, y olvidarme por completo cuando llego a casa.

—Los poetas por lo general trabajan en las universidades, ¿no?

—Ah, yo también trabajé en las universidades, durante muchos años. Oliéndole el culo al jefe de departamento, sudando para conseguir reconocimiento, protegiéndome de hordas, de rostros solemnes y tensos que uno vuelve a ver, obsesionado, por la noche. Lo peor de todo es que uno termina por escribir poesía académica. No, nena, créeme, el *Food Field Observer* es mucho mejor.

—¿Por qué no pides una de esas becas... cómo se llaman? ¿Guggenheim?

—Ya tuve una. Y una Rockefeller, también.

—¿Por qué dices que el tercer libro es asqueroso?

—Ah, toda mi vida era un lío entonces. Me acababa de divorciar, bebía demasiado; supongo que sé lo que estaba haciendo cuando escribí esos poemas, pero estaba confundido. Son sentimentales, complacientes, llenos de lástima por mí mismo, terribles. La última vez que vi a Dudley Fitts apenas si me saludó.

—¿Y cómo es tu vida ahora?

—Sigue siendo un lío, supongo, excepto que he descubierto que a veces —le metió la mano por la manga de la bata hasta el codo, y lo acarició como si fuera una zona erógena—, a veces, si uno juega bien las cartas, llega a conocer a una buena chica.

Durante una semana estuvieron todo el tiempo juntos —pasaban la noche en el apartamento de él o en el de ella— y ella no se quedó sola para leer el primer libro hasta que se tomó un día con ese propósito determinado.

No era fácil. Ella había leído mucha poesía contemporánea en Barnard y siempre le había ido bien en sus clases de interpretación, pero nunca había leído por placer. Leyó los primeros poemas demasiado rápidamente, teniendo sólo impresiones de las ideas reflejadas; luego tuvo que volver a estudiarlos uno por uno para llegar a apreciarlos. Los últimos poemas del volumen eran más ricos, aunque conservaban la impresión de haber sido dichos por la voz de Jack, y casi toda la sección final estaba ocupada por un poema largo, intrincado y con muchos niveles de interpretación, así que tuvo que leerlo tres veces. Eran casi las cinco de la tarde cuando lo pudo llamar a la oficina para decirle que el libro le había parecido magnífico.

—¿Me lo dices en serio? —casi adivinaba el deleite reflejado en su cara—. Tú no me mentirías, ¿no, Emily? ¿Cuáles te han gustado más?

—Me han gustado todos, Jack. De verdad. Déjame pensar. Me encantó el poema llamado «Una celebración». Casi me hizo llorar.

—¿Sí? —parecía decepcionado—. Bueno, sí, es un buen poema lírico pero no tiene mucha sustancia. ¿Qué te pareció el de guerra, el que se titula «Granada de mano»?

—Oh, sí, ése también. Tiene cierta... extraordinaria acritud.

—«Acritud» es un buen término. Así es, exactamente. Y por supuesto, la otra pregunta importante es tu opinión acerca del último poema. El largo.

—A eso iba. Es hermoso, Jack. Es muy, muy conmovedor. Date prisa y ven a casa.

Al comienzo del verano él recibió una invitación para enseñar durante dos años en el taller de escritores de la Universidad de Iowa.

—¿Sabes algo, nena? —le dijo cuando leyeron la carta—. Podría ser un error rechazar esto.

—Creía que odiabas la enseñanza.

—Sí, pero Iowa es distinto. Si estoy en lo cierto, el taller está completamente separado del departamento de Literatura. Es un programa de graduados, como una escuela profesional. Los estudiantes son seleccionados cuidadosamente, no son estudiantes en realidad sino escritores jóvenes, y sólo tendría que «enseñar» cuatro o cinco horas por semana. Se supone que los profesores deben escribir su propia obra mientras están ahí, así que les dan mucho tiempo libre. Y si yo no puedo terminar este libro en dos años, realmente no sirvo. Además —dijo, pasándose el pulgar por la barbilla con timidez, y ella se dio cuenta de que lo que iba a decir era decisivo—. Además, y sé que puede parecer tonto, es una especie de honor ser invitado a Iowa. Quiere decir que alguien debe de pensar que mi último libro no me hundió para siempre.

—Bueno, está bien, Jack, pero sigue siendo un honor aunque no aceptes la invitación. Piénsalo bien: ¿quieres realmente ir a *Iowa*?

Los dos estaban caminando por el apartamento de él, cosa que empezaron a hacer en cuanto abrieron la carta. Él se acercó a ella en el piso espartano, la abrazó y se inclinó para esconder la cara en su pelo.

—Quiero ir —dijo—, pero sólo con una condición.

—¿Cuál?

—Que vengas conmigo —dijo roncamente—, que te quedes conmigo, como mi chica.

En agosto los dos dejaron el empleo en *Food Field Observer*, y el último fin de semana antes de partir para Iowa, ella lo llevó a St. Charles.

—... Oh, me *gusta* —dijo Sarah cuando estuvieron solas en la cocina asoleada—. Me gusta muchísimo, y a Tony también, me doy cuenta de eso —hizo una pausa para chupar el paté que tenía en el dedo—. ¿Sabes lo que me parece que tendrías que hacer?

—¿Qué?

—Casarte con él.

—¿Por qué? Siempre me dices que me case, Sarah. Me dices lo mismo de todos los que traigo aquí. ¿Se supone que el matrimonio es la solución de todo?

Sarah pareció ofendida.

—Es la solución de muchas cosas espantosas.

Emily estuvo a punto de decirle «Y ¿*tú* cómo lo sabes?» pero se contuvo a tiempo. Dijo en cambio:

—Ya veremos —y llevaron los platos con los *hors d'oeuvres* al salón.

—Claro, naturalmente, yo intervine en la guerra y fue un asunto espantoso —estaba diciendo Jack—. Tenía que arrastrarme por Guam con un transmisor de radio en la espalda. Sí que me acuerdo de los bonitos cazas Magnum. Muchas veces me he preguntado cómo será volar en uno de ellos.

—Deberías ver los que fabricamos ahora —dijo Tony—. Aviones de guerra jet. Uno se ata dentro de uno de esos aparatos y ¡*Shoomm!* —hizo una especie de saludo, con un movimiento cortante de la palma de la mano que retiró de la sien como imitando un lanzamiento.

—Sí —dijo Jack—, sí, me lo imagino.

Cuando llegaron los niños, sin aliento, Emily trató de no ser demasiado efusiva al ponderar lo crecidos que estaban, pero los cambios eran notables. Tony Junior ya tenía catorce años y era grande para su edad, con el físico de su padre. Era un muchacho bien parecido pero tenía la sonrisa demasiado vaga, como sugiriendo la posibilidad de que pudiera convertirse, al crecer, en un tonto simpático; Eric, el menor, tenía una expresión defensiva que parecía más hosca que tímida. Sólo Peter, el del medio, el preferido de Pookie, le llamó la atención. Era delgado y tenso como un lebrel, con los mismos ojos castaños de su madre, y parecía inteligente a pesar de su goma de mascar.

—Tía Emily —dijo, sin dejar de masticar—, ¿te acuerdas de los presidentes que me diste cuando tenía diez años?

—¿Los presentes? ¿Qué presentes?

—No, los presidentes.

Finalmente se acordó. Cada Navidad pasaba muchísimo tiempo eligiendo regalos para los muchachos; recorría las tiendas con los pies doloridos, respirando el aire viciado y discutiendo con dependientes exhaustos, y un año compró lo que le pareció un regalo adecuado para Peter: una caja de cartón llena de estatuillas de plástico de todos los presidentes norteamericanos hasta Eisenhower.

—Oh, los presidentes —dijo.

—Sí. Me gustaron mucho.

—Sí que le gustaron —dijo Sarah—. ¿Sabes lo que hizo? Hizo una zanja profunda en el jardín, como si fuera un parque, con césped y bosquecillos de árboles y un río, con puentes sobre el río, y puso a los presidentes en distintos lugares, cada uno con un pedestal de tamaño adecuado a su reputación. A Lincoln le dio el pedestal más alto, porque era el más grande, y puso a Franklin Pierce y a Millard Fillmore muy bajitos, y a William Howard Taft le dio un pedestal ancho porque era el más gordo, y...

—Está bien ya, mamá —dijo Peter.

—No, déjame seguir —dijo ella—. Ojalá lo hubieras visto. ¿Sabes lo que le hizo a Truman? Al principio no sabía qué hacer con Truman, pero finalmente...

—Me parece que lo has contado todo ya, querida —dijo Tony, haciendo un guiño apenas perceptible a sus invitados.

—Oh —dijo ella—. Bueno, está bien.

Inmediatamente bebió un trago para esconderse. Era un gesto que no había cambiado: cuando Sarah se avergonzaba, después de contar un chiste, mientras esperaba la risa, o cuando temía haber hablado de más, se cubría la boca, como si se sintiera desnuda; de niña, recurría a un refresco o a un helado; ahora lo hacía con una copa o un cigarrillo. Quizá todos esos años de dientes hacia fuera y luego de dientes con aparato habían hecho de su boca el centro vulnerable de su vida.

Esa tarde los muchachos empezaron a luchar en el suelo hasta que volcaron una mesita, y el padre dijo:

—Ya está bien, señores. A comportarse —siempre les llamaba la atención de la misma forma; evidentemente, era algo que había aprendido en la Marina.

—No tienen nada que hacer aquí, Tony —dijo Sarah.

—Que vuelvan a salir, entonces.

—No —dijo ella—. Tengo una idea mejor —se volvió a Emily—. No te debes perder esto. ¿Peter? Trae las guitarras.

Eric cruzó los brazos sobre el pecho como diciendo que no le importaba que no lo incluyeran mientras los otros dos muchachos salían del salón y regresaban trayendo dos guitarras baratas. Cuando se aseguraron de que el público estaba preparado, se pararon en el centro de la habitación, inundando la casa de música con una imitación de los Everly Brothers:

Bye bye, love
Bye bye, happiness...

Tony Junior no hacía más que tocar un par de cuerdas y cantar; era Peter el que tocaba la parte difícil. Parecía cantar con todo su corazón.

—Son unos chicos estupendos, Sarah —dijo Emily cuando les permitieron volver a salir—. Peter es maravilloso.

—¿No te he dicho lo que quiere ser de mayor?

—¿Qué?, ¿presidente?

—No —dijo Sarah, como si ésa fuera una de las alternativas posibles—. No, no lo adivinarías nunca. Quiere ser ministro de la Iglesia episcopal. Los llevé al servicio de Pascua en la iglesia del pueblo hace unos años, y Peter quedó encantado. Ahora me despierta todos los domingos para que lo lleve en coche a la iglesia, o si no va por el camino pidiendo que lo suban a los coches que pasan.

—Bueno —dijo Emily—, supongo que ya se le pasará.

—No dirías eso si conocieras a Peter.

Durante la cena, alborozado por su actuación de esa tarde, Peter interrumpió a los adultos con tantas preguntas tontas que Tony tuvo que decirle dos veces que se comportara. La tercera vez, cuando se puso la servilleta sobre la cabeza, fue Sarah la que tomó las riendas.

—Peter —le dijo—, compórtate.

Miró rápidamente a Tony para ver si lo había dicho bien, luego a Emily para comprobar si no había sonado mal, y luego se tapó la boca con el vaso.

—Tengo entendido que estás en la radio —le dijo Jack Flanders a Sarah esa noche, cuando los adultos se habían quedado solos en el salón.

—Oh, ya no —dijo Sarah, complacida—. Eso ya pasó.

A principios de la década de los cincuenta Sarah había actuado como «dueña de casa» en un programa para mujeres que se transmitía los sábados por la mañana por la emisora de radio del condado de Suffolk. Emily lo había oído una vez, y le pareció que Sarah estaba muy bien. El programa fue interrumpido después de dieciocho meses.

—Era sólo una pequeña emisora local —explicó Sarah—, pero me gustaba. Me gustaba especialmente escribir los guiones. Me encanta escribir.

Eso la llevó a un tema que evidentemente quería traer a colación desde hacía horas: estaba escribiendo un libro. Uno de los antepasados de Geoffrey Wilson, por parte de su madre, un hombre de Nueva York llamado George Fall, había sido un pionero en el Oeste. Junto con un pequeño grupo de otros hombres del Este había contribuido a desmontar y a colonizar parte de lo que era ahora el Estado de Montana. Poco se sabía acerca de George Fall, pero había escrito muchas cartas a su familia durante sus aventuras, y uno de sus sobrinos las había trascrito en forma de folleto, publicado por iniciativa privada. Geoffrey Wilson tenía una copia.

—Es fascinante —dijo Sarah—. Por supuesto, no es fácil de leer, está escrito en un estilo extraño, anticuado, y hay que usar la imaginación para rellenar los blancos, pero todo el material está allí. Se me ocurrió que alguien tenía que escribir un libro sobre eso, ¿por qué no yo?

—Bueno, es toda una empresa, Sarah —le dijo Emily. Jack dijo que le parecía muy interesante.

Oh, el proyecto tan sólo estaba en la etapa inicial, les aseguró Sarah, como para que no sintieran tanta envidia; había hecho un plan general, escrito la introducción y el borrador del primer capítulo, pero tenía que pulirlo. Todavía no tenía título, aunque pensaba llamarlo *Los Estados Unidos de George Fall,* y habría de leer mucho acerca del período mientras progresaba. El libro le llevaría tiempo, pero le encantaba hacerlo; se sentía contenta de estar *haciendo* algo nuevamente.

—Mmm —dijo Emily—. Por supuesto.

—Hasta podría ganar un poco de dinero —dijo Tony, con un cloqueo—. Eso sería digno de que uno se pusiera contento.

Sarah pareció tímida, luego osada.

—¿Os gustaría que os leyera la introducción? —preguntó—. No todos los días puedo permitirme el lujo de tener a dos escritores. Querido —le dijo a su esposo—, ¿por qué no nos preparas otro trago? Luego leeré mi introducción.

Se quitó los zapatos y se sentó cómodamente sobre las piernas. Sosteniendo el tembloroso manuscrito con una mano, y buscando en su voz el timbre adecuado para una pequeña sala de conferencias, Sarah empezó a leer en voz alta.

La introducción explicaba cómo se habían preservado las cartas de George Fall y la manera en que servían de base para el libro. Luego había un breve resumen de sus viajes, con profusión de fechas y lugares, pero todo era fácil de seguir. Emily se sorprendió al notar cómo fluían las oraciones. Recordó que la actuación de Sarah por radio también la había sorprendido.

Durante la lectura Tony parecía medio dormido —probablemente ya lo había oído antes— y su sonrisa tolerante, dirigida hacia su vaso, parecía decir que si ese tipo de cosas le daba placer a la mujercita, le parecía bien a él.

Sarah ya llegaba a su conclusión:

George Fall fue, en muchos sentidos, un hombre noble, pero no único. En su tiempo hubo un sinnúmero de hombres como él, hombres osados que renunciaron a la comodidad y a la seguridad para enfrentarse a la barbarie y a la adversidad, que lucharon contra peligros aparentemente insalvables para conquistar un continente. De una manera literal, entonces, la historia de George Fall es la historia de los Estados Unidos.

Dejó el manuscrito. Nuevamente parecía tímida. Tomó un trago generoso de whisky con agua.

—Es excelente, Sarah —dijo Emily—, de veras excelente.

Jack dijo una frase cortés para indicar que estaba de acuerdo.

—Bueno, probablemente necesita retoques —dijo Sarah—, pero ya sabéis cuál es la idea general.

—... Tu hermana es muy dulce —le dijo Jack Flanders en el tren de regreso—. Y escribe bien. No era un cumplido lo que le dije.

—Yo tampoco. Escribe muy bien. No termino de hacerme a la idea de encontrarla tan fofa y gorda. Tenía la figura más maravillosa del mundo.

—Sí, bueno, eso les pasa a muchas mujeres maduras —dijo él—. Por eso me gustan flacas. También me doy cuenta de lo que me dices acerca de tu cuñado. Es un patán.

—Siempre me da un dolor de cabeza terrible el ir a su casa —dijo Emily—. No sé por qué, pero nunca falla. ¿Podrías masajearme la nuca?

2.

Iowa City era una ciudad agradable, construida a la sombra de la universidad, junto a un río lento. A Emily, algunas de las calles residenciales, rectas, bordeadas de árboles e inundadas de sol, le recordaban a las ilustraciones del *Saturday Evening Post* —¿era ése el verdadero aspecto de Estados Unidos?— y sintió deseos de vivir en una de esas amplias casas blancas, pero luego descubrió una casita de piedra en una calle de tierra en el campo, a seis kilómetros y medio de la ciudad. La habían construido como estudio para un artista, le informó la agente de la empresa inmobiliaria. Eso explicaba el enorme salón y la ventana altísima.

—No resultaría adecuada para un matrimonio con hijos —dijo—, pero para ustedes dos sería perfecta.

Compraron un coche usado, de poco precio, y pasaron varias tardes explorando los alrededores, que resultaron ser menos monótonos de lo que ellos esperaban.

—Yo pensé que no serían más que maizales y praderas —dijo Emily—, ¿tú no? Y mira todas esas colinas onduladas, esos bosques... y el aire ¿no huele maravillosamente?

—Mmm. Sí.

Siempre era un placer llegar a la casa.

Pronto hubo una reunión de personal de la que Jack regresó encantado.

—No quiero olvidar mi modestia habitual, querida —dijo, mientras recorría la habitación con un vaso en la mano—, pero ocurre que soy el mejor poeta que tienen. Tal vez *el único*. Tendrías que conocer a los otros payasos... *leer* lo que escriben.

No había leído su obra, pero los había conocido en varias reuniones ruidosas y confusas.

—Me gusta el más viejo —le dijo a Jack una noche cuando volvían a su casa en el coche—. ¿Cómo se llama? ¿Hugh Jarvis?

—Sí, bueno, no es malo, supongo. Escribió cosas buenas hace unos veinte años, pero está terminado. ¿Qué te parece ese hijo de puta, Krueger?

—Muy tímido. Su esposa me cayó simpática... interesante. Es una persona que me gustaría conocer.

—Mmm —dijo él—. Si eso significa que hay que invitar a comer a los Krueger, o algo por el estilo, es mejor que lo olvides por ahora. Yo no quiero que venga a mi casa ese afectado hijo de puta.

Así que no iba nadie a la casa. Estaban solos. Jack instaló su mesa de trabajo en un rincón de la habitación principal y se pasaba la mayor parte del día sentado ante ella, inclinado sobre el papel.

—Tendrías que trabajar en la habitación pequeña —le dijo Emily—. ¿No sería mejor?

—No. Me gusta estar donde puedo levantar la vista y verte. Cuando entras y sales de la cocina, pasas la aspiradora, cuando haces cualquier cosa. Saber que realmente estás aquí.

Una mañana, cuando terminó las tareas del hogar, Emily sacó la máquina de escribir y la puso en el lugar más alejado que encontró de Jack.

UNA NEOYORQUINA DESCUBRE EL MEDIO OESTE

Exceptuando regiones de Nueva Jersey, y quizá también de Pennsylvania, yo siempre había creído que todo el resto del país, entre el río Hudson y los Rocallosos, era un desierto.

—¿Estás escribiendo una carta? —le preguntó Jack.

—No, otra cosa. Es una idea que se me ha ocurrido. ¿Te molesta la máquina?

—Por supuesto que no.

Hacía días que la idea le rondaba la cabeza; se le había ocurrido hasta el título y esa primera oración; ahora se puso a escribir.

Había que considerar a Chicago, por supuesto, un oasis arenoso e inadecuado en el norte, y puntos aislados como Madison, Wisconsin, famoso por sus curiosas imitaciones de la cultura oriental, pero por lo general en toda la zona había muy poco que ver, excepto enormes extensiones de maizales y trigales, y una sofocante ignorancia. Las ciudades bullían de personas como George F. Babbitt; la innumerable cantidad de pueblos sufría el castigo de lo que F. Scott Fitzgerald había llamado «las inquisiciones interminables que sólo perdonaban a los niños y a los muy viejos».

¿Era de extrañarse que todos los escritores famosos nacidos en el Medio Oeste hubieran huido a la primera oportunidad que tuvieron? Oh, después escribían tristes rapsodias, pero no era nada más que nostalgia. Ninguno volvió a vivir en su pueblo natal.

Como persona proveniente del Este, nacida en Nueva York, siempre he disfrutado al mostrar mi mundo a esos descarriados y atónitos visitantes del Medio Oeste. Solía explicarles: mirad, ésta es la manera en que nosotros...

—Esa idea que tienes, ¿es un gran secreto? —dijo Jack desde el otro extremo de la habitación—. ¿No puedes contarme de qué se trata?

—Oh, sólo es... no sé exactamente qué es. Tal vez un artículo para una revista, o algo semejante.

—Oh.

—No sé. Estoy probando.

—Bien —dijo él—. Eso es lo que estoy haciendo yo también.

Los lunes y jueves Jack desaparecía en la universidad, y siempre al volver se lo veía nervioso, o bien mortificado o regocijado, según le hubiera ido en la clase.

—Ah, estos muchachos —se quejó una vez mientras se servía un trago—, estos muchachos de mierda. Si uno les da la oportunidad, lo hunden.

Durante los días buenos también bebía demasiado, pero entonces era buena compañía:

—Diablos, este trabajo es facilísimo, nena, si uno no se aflige mucho. Hay que entrar y hablar de lo que uno sabe, y ellos lo absorben como si no lo hubieran escuchado nunca antes.

—A lo mejor no lo han escuchado nunca —dijo ella—. Debes de ser muy buen maestro. A mí me has enseñado mucho.

—¿Sí? —adoptó una expresión de timidez, verdaderamente complacido—. ¿Sobre poesía, quieres decir?

—Sobre todo. Sobre el mundo. Sobre la vida.

Esa noche casi no pudieron terminar la cena de ganas de acostarse.

—Oh, Emily —le dijo, tocándola y acariciándola—. Oh, querida, ¿sabes lo que eres? No dejo de decírmelo: eres grande, perfecta, extraordinaria, pero ninguno de estos términos es correcto. ¿Sabes lo que eres? Eres mágica. Mágica.

Le dijo que era mágica tantas veces, tantas noches, que ella finalmente le soltó:

—Oh, Jack, me gustaría que no lo dijeses más.

—¿Por qué?

—Por nada. Ya cansa.

—¿Cansa? Está bien —parecía ofendido.

Nunca lo había visto tan contento como un día de clase en que volvió a casa tres horas después de lo acostumbrado, como una semana más tarde.

—Lo siento —le dijo—. Me quedé a tomar unas copas con los muchachos después de clase. ¿Has comido ya?

—Todavía no. Tengo la comida en el horno.

—Maldita sea. Te habría llamado, pero no me fijé en la hora.

—Está bien.

Mientras comían costillas de cerdo pasadas de punto, y él tomaba bourbon con agua, no dejaba de hablar.

—Cosa curiosa: ¿te he hablado de este muchacho, Jim Maxwell?

—Me parece que no.

—Un tipo grande, corpulento; es de un lugar perdido del sur de Texas, y usa botas de cowboy y todo eso. Siempre me asusta un poco en clase porque es tan fuerte, y tan inteligente. Un poeta buenísimo, además, o por lo menos, pronto lo será. De cualquier manera, esta noche esperó hasta que todos los demás se fueron del bar, así que nos quedamos los dos solos, me miró medio raro y me dijo que tenía algo que decirme. Me dijo (algo que es una barbaridad), me dijo que cuando leyó mi primer libro le cambió toda la vida. ¿No es curioso?

—Bueno —dijo ella—. Es un gran cumplido.

—Sí, pero no termino de entenderlo. ¿Me crees capaz de escribir algo que pueda cambiar la vida de un perfecto desconocido en el sur de *Texas*? —se metió un bocado en la boca y masticó con fuerza, disfrutando del momento.

Para noviembre reconoció, insistentemente, que su obra no marchaba. Se levantaba una y otra vez del escritorio para recorrer la habitación, arrojando las colillas de los cigarrillos al hogar de leños (el montón de cenizas estaba tan lleno de colillas que se necesitaba un enorme fuego para quemarlas), y diciendo cosas como «¿Quién diablos dijo que soy un poeta?».

—¿Puedo leer lo que has estado escribiendo? —preguntó ella una vez.

—No. Me perderías el poco respeto que me tienes. ¿Sabes lo que es? Es una poesía trivial, y para colmo, mala. Ni siquiera pasable. Bla bla bla, bla bla bla. Debería haber sido un escritor de letras de canciones en la década de los treinta, aunque tal vez me habría ido mal también. Se necesitarían veintisiete como yo para hacer un Irving Berlin —se levantó cargado de hombros, y se puso a mirar por el ventanal el pasto amarillento y los árboles desnudos—. Una vez leí una entrevista que le hicieron a Irving Berlin —dijo—. El periodista le preguntó cuál era su mayor temor, y él dijo: «Algún día voy a extender la mano para coger algo, pero ya no estará allí». Es igual conmigo, querida. Sé que lo tuve, lo sentía, como se siente la sangre en las venas, pero ahora que trato de cogerlo, ya no está más.

Luego comenzó el largo invierno del Medio Oeste, con sus nevadas. Jack fue a Nueva York a visitar a sus hijos para Navidad, y ella se quedó sola en la casa. Al principio se sentía sola, pero descubrió que le gustaba estarlo. Intentó escribir el artículo, pero sólo producía párrafos largos y confusos que no llegaban a ninguna parte. El tercer día recibió una carta de su hermana, que derrochaba entusiasmo. Hacía tanto que se sentía absorbida por Jack Flanders que le pareció extrañamente refrescante poder recordar quién era.

... Aquí todo va bien, y todos mandan recuerdos. Tony ha estado trabajando horas extra últimamente, tanto que apenas si lo vemos. Los muchachos están de maravilla...

La letra de Sarah seguía siendo la misma que había adoptado en la secundaria, una letra prolija y aniñada. («Sí, es una letra encantadora, querida —le había dicho Pookie—, aunque es un poco afectada. Pero no importa, ya la mejorarás con el tiempo».) Emily leyó por encima las partes poco importantes de la carta hasta llegar a la médula.

Sabrás que Pookie se quedó sin empleo —la agencia inmobiliaria quebró— y naturalmente nos ha tenido muy preocupados. Pero a Geoffrey se le ha ocurrido una solución muy generosa. Le está arreglando el pisito encima del garaje para que viva allí sin pagar alquiler. Mamá está en condiciones de recibir ayuda de la Seguridad Social. A Tony le parece un poco molesto tenerla aquí, y yo estoy de acuerdo —no porque no la quiera, pero sabrás por qué lo digo— aunque estoy segura de que nos arreglaremos.

Ahora la otra gran noticia: ¡estamos a punto de heredar la casa principal! Geoffrey y Edna se vuelven a vivir a Nueva York en la primavera; ella no ha estado nada bien, y él está cansado de viajar y quiere vivir cerca de la oficina. Cuando se vayan, nosotros nos mudaremos y alquilaremos el chalé, ya que necesitamos dinero. ¿Me imaginas dueña de esa enorme casa?

Por el momento he archivado George Fall *porque no podía ir más allá sin hacer unas investigaciones en Montana. ¿Me imaginas en Montana? Sigo escribiendo, no obstante, por lo general una serie de bosquejos humorísticos acerca de la vida familiar, ese tipo de cosas que Cornelia Otis Skinner sabe hacer tan bien. Admiro mucho sus libros.*

La carta seguía; Sarah siempre las terminaba con una nota alegre, aunque resultara forzado, pero en general la misiva de St. Charles era triste.

Jack regresó lleno de grandes propósitos. Anunció que no iba a perder más el tiempo. No iba a beber tanto todas las noches. Sobre todo, no iba a dejar que los alumnos le absorbieran todo el tiempo. ¿No se daba cuenta Emily de que había permitido que las cosas llegaran a tal punto que se pasaba casi todo el día trabajando en los manuscritos de sus alumnos? Eso era una tontería.

—... Porque, sabes, Emily, durante este viaje pensé mucho. Me hizo bien alejarme y poner las cosas en cierta perspectiva. Lo importante es que termine un libro. Y si no lo termino, sólo yo tengo la culpa. Si tengo suerte, y mucho cuidado (y hay que tener las dos cosas), puedo hacerlo.

—Bueno —dijo ella—. Es maravilloso, Jack.

El invierno parecía interminable. La caldera se descompuso dos veces —tenían que acurrucarse frente al hogar de leños el día entero, vestidos con jerséis y abrigos y envueltos en frazadas— y el coche, tres. Aun cuando todo andaba bien, los días seguían pareciendo helados e incómodos. Cuando iban a la ciudad tenían que ponerse calcetines de lana y botas, envolverse hasta la barbilla y temblar de frío hasta que se calentaba el vehículo y empezaba a inundar el interior de aire cálido y con olor a gasolina que golpeaba en el rostro, y luego conducir los seis kilómetros traicioneros de hielo y nieve bajo un cielo tan cerrado y blanco como la nieve misma.

Un día en que Emily ya había terminado de hacer las compras en el supermercado (había aprendido a no atontarse y terminar con presteza y eficiencia) fue a la lavandería automática y se quedó sentada en medio del ambiente brillante y cargado de vapor. Observó el remolinear de la espuma y la ropa empapada a través del ojo de buey de su máquina; luego se puso a mirar a los demás clientes, tratando de adivinar cuáles eran estudiantes, cuáles profesores y cuáles habitantes de la ciudad. Compró una tableta de chocolate que le pareció exquisita, como si estarse allí sentada, comiendo chocolate, fuera todo lo que había soñado hacer ese día. Mientras esperaba que terminara el ciclo de secado empezó a sentir un temor vago, pero cuando estaba doblando la ropa sobre la mesa cubierta de motas de tela se dio cuenta de lo que era: no quería volver a su casa. Y no era el tener que conducir por los caminos cubiertos de hielo, en medio de la nieve, lo que temía, sino volver a casa y a Jack.

—Ah, ese hijo de puta de Krueger —dijo él una noche de febrero, entrando y dando un portazo—. Me gustaría darle una patada en los huevos, si es que los tiene.

—¿Te refieres a Bill Krueger?

—Sí, sí, a ése, el encantador hijo de puta del hoyuelo en la barbilla, con la encantadora esposa y las tres encantadoras hijitas —eso fue todo lo que dijo hasta que se sirvió un trago y bebió la mitad. Luego, con un pulgar en la sien, haciéndose sombra a la cara, como si temiera perder la vista, dijo—: Esto es lo que pasa, querida. Intenta entenderlo. Yo soy lo que los muchachos llaman «tradicional». Me gusta Keats y Yeats y Hopkins y, bueno, tú sabes lo que me gusta, qué mierda. Y Krueger es lo que llaman «experimental»; ha tirado todo por la borda. El adjetivo crítico que prefiere es «audaz». Si un muchacho que ha fumado marihuana escribe lo primero que se le ocurre, Krueger le dice: «Mmm, ése es un verso muy audaz». Sus estudiantes son todos iguales: los mocosos más irresponsables de la ciudad. Creen que para ser poeta hay que vestir ropa rara y escribir de costado. Krueger ha publicado tres libros, otro aparece este año, y sus poemas están en las revistas de mierda todo el tiempo. Ni siquiera se puede hojear una revista de poesía sin encontrar un poema de William Krueger de Mierda, y ¿sabes la verdad? ¿Lo peor? El hijo de puta es nueve años menor que yo.

—Oh, vaya, ¿qué pasa con eso?

—Mierda. Esta tarde era el día de San Valentín. Distribuyeron esas hojas que llaman «de preferencia», para que los alumnos escriban a qué profesor prefieren para el semestre que viene. Luego todos los profesores se reúnen y las clasifican. Se supone que no hay que tomarlas en serio, y todo el mundo actúa como si tal cosa, pero hay que ver los acaloramientos y las manos temblorosas. De todos modos, yo perdí a cuatro de mis alumnos, que prefirieron a Krueger. Cuatro. Y uno de ellos es Harvey Klein.

—¡Oh! —ella no sabía quién era Harvey Klein (a veces casi no escuchaba) pero evidentemente debía consolarlo—. Bueno, Jack, me doy cuenta de por qué te alteras, pero no deberías hacerlo. Si yo estudiara en un lugar como éste, también querría tener tantos profesores como fuera posible, ¿no es eso lógico?

—No mucho.

—Y además, tú no has venido aquí para gastar toda tu energía odiando a Krueger, ni siquiera enseñando a Harvey Klein. Tú estás aquí para hacer tu trabajo.

Él apartó la mano de la frente, la cerró y dio un puñetazo sobre la mesa que la hizo dar un respingo.

—Tienes razón —dijo—. Emily, tienes toda la razón del mundo. *Todo* cuanto debería preocuparme es el maldito libro. Tendría que escribir todo el día. Incluso ahora, si tengo media hora antes de comer tendría que estar sentado al escritorio en lugar de estar atormentándote con todas estas envidias y trivialidades. Tienes razón. Tengo que agradecerte que me lo hayas hecho notar.

Pero pasó el resto de la tarde envuelto en una oscuridad silenciosa e impenetrable. Fue esa noche o unas noches después cuando Emily se despertó y vio que él no estaba acostado. Luego lo oyó por la cocina, poniendo cubitos de hielo en un vaso. El aire alrededor de la cama estaba denso de humo, como si hubiera estado fumando todo el tiempo, durante horas.

—¿Jack? —lo llamó.

—Sí. Perdón por despertarte.

—No importa. Vuelve a la cama.

Regresó al dormitorio, pero no se acostó. Se sentó, agobiado, envuelto en su bata, bebiendo en la oscuridad. Durante un rato prolongado el único sonido en la casa fue su tos seca.

—Oh, éste no soy yo —dijo por fin—. Éste no soy yo.

—¿Qué quieres decir con eso? Para mí sigues siendo la misma persona.

—Ojalá me hubieras conocido cuando estaba escribiendo mi primer libro, o incluso el segundo. *Ése* sí era yo. Entonces era más fuerte. Sabía qué diablos hacía, y todo andaba bien. Entonces no lloriqueaba ni gruñía ni gritaba todo el tiempo. No caminaba de aquí para allá como un tipo sin pellejo y sin carne, preocupándome por lo que otros *pensaban* de mí. No tenía —bajó la voz para indicar que estaba a punto de decir lo más importante—, no tenía cuarenta y tres años.

La llegada de la primavera hizo que todo mejorara un poco. Durante varios días el cielo estuvo azul; la nieve disminuyó en los campos y hasta en los bosques. Una mañana, camino de la universidad, Jack entró corriendo de regreso para anunciar que había encontrado una flor en el jardín.

Todas las tardes empezaron a hacer largas caminatas por el camino de tierra, atravesando las praderas o bajo los grandes árboles. No conversaban mucho —por lo general, Jack caminaba con la cabeza gacha y las manos en los bolsillos, cavilando con amargura— pero los momentos que pasaban al aire libre pronto se convirtieron para Emily en lo mejor del día. Los esperaba con la misma impaciencia con que Jack deseaba el alcohol de regreso a casa. Todas las tardes Emily aguardaba la hora de ponerse la chaqueta de gamuza, acercarse al escritorio de él y decirle:

—¿No quieres dar un paseo?

—Un paseo —solía repetir él tirando el lápiz como si sintiera deleite al librarse de él—. Dios, ¡qué magnífica idea!

Las caminatas mejoraron cuando heredaron una perra de unos vecinos, un animal sin raza determinada, blanco y marrón, de nombre *Cindy.* Correteaba al lado de ellos o hacía cabriolas a su alrededor, o bien corría al campo a buscar madrigueras.

—Mira, Jack —le dijo una vez Emily, tomándolo del brazo—. Se dirige a ese caño junto al camino; quiere meterse por un lado para salir por el otro —cuando la perra emergió, toda embarrada y temblando, del extremo alejado del caño, ella batió palmas, felicitando al animal—. ¿No fue hermoso, Jack?

—Sí, claro que sí.

El paseo más memorable lo dieron una tarde de abril, en que soplaba la brisa. Ese día habían ido más lejos que de costumbre, y al emprender el regreso a través de un gran campo lleno de surcos, cansados pero vigorizados por el ejercicio, llegaron a un roble solitario que parecía alcanzar el cielo como una enorme mano. Ante él se quedaron en silencio, mirando al cielo a través de las ramas. Luego, pensando en ese momento, los dos estuvieron de acuerdo en que la idea se le ocurrió a Emily. Se quitó la chaqueta y la dejó caer al suelo. Luego sonrió —Jack estaba muy atractivo con el pelo que la brisa le volaba contra la frente— y empezó a desabrocharse los botones de la blusa.

Enseguida estaban desnudos, abrazándose de rodillas; luego él la ayudó a acostarse. Los dos sabían que *Cindy* ladraría si alguien se atrevía a acercarse a ese lugar sagrado.

Una media hora después, de regreso en casa, él levantó con timidez la vista de su vaso para decir:

—Dios mío, fue maravilloso.

—Bueno —dijo ella, bajando la vista y sintiendo que se ruborizaba—, ¿para qué vivir en el campo si no se pueden hacer cosas así de vez en cuando?

El mes siguiente llovió sin parar. Había lombrices muertas en el sendero embarrado que llevaba de la casa hasta el coche, y las hojas del año anterior se arremolinaban contra la ventana y luego corrían por los hilos de agua. Emily pasaba las horas frente a la ventana, a veces leyendo pero casi todo el tiempo simplemente mirando la lluvia.

—¿Qué estás mirando? —le preguntó Jack.

—No mucho. Sólo pienso.

—¿En qué piensas?

—No sé. Tengo que ocuparme de la ropa.

—Vamos, la ropa puede esperar. Si algo te preocupa, me gustaría saberlo.

—No, no —dijo ella—. No me preocupa nada —y tras decir eso, fue a ocuparse de la ropa limpia.

Cuando volvió a pasar junto al escritorio de él con su pesada bolsa de ropa, él levantó la vista y dijo:

—¿Emily?

—¿Mmm?

Tenía cuarenta y tres años, pero en ese momento su rostro medio sonriente era el rostro desvalido de un niño.

—¿Todavía me quieres? —le preguntó.

—Por supuesto —le dijo ella, poniéndose el impermeable.

Cerca de finales del semestre de primavera él dijo que creía que su libro estaba prácticamente terminado. Pero no fue un anuncio triunfante, ni siquiera feliz.

—Lo que pasa es que no me siento preparado para mandarlo todavía —explicó—. Lo importante está hecho, me parece, pero hay que podarlo y arreglarlo. Creo que sería prudente guardarlo hasta el verano. Ponerme septiembre como plazo y dedicar el verano a revisarlo.

—Bueno —dijo ella—. Muy bien. Tendrás tres meses sin clases.

—Lo sé. Pero no me quiero quedar aquí. Va a hacer un calor terrible, y la ciudad estará horriblemente muerta. Además, ¿sabes cuánto dinero tenemos en el banco? Podríamos ir a cualquier parte.

Ella tuvo dos visiones, una del mar estrellándose contra las rocas y la arena, en la costa del Este o del Oeste, y la otra de montañas púrpuras, con nubes bajas. ¿Cómo sería el amor en la playa, o en las montañas?, ¿mejor que allí?

—Bueno —dijo—, ¿adónde quieres ir?

—A eso me refería —la manera de actuar le recordaba a la de su padre, hacía mucho, durante alguna mañana de Navidad, mientras ella y Sarah abrían los envoltorios de los regalos que resultaban ser exactamente lo que ellas esperaban recibir—. ¿Te gustaría ir a Europa?

Al volar, sufrieron el cambio de horario. Llegaron al aeropuerto de Heathrow aturdidos y temblando, con los ojos doloridos por la falta de sueño. Eran las siete de la mañana. Camino de Londres no había mucho que ver —no era muy distinto a viajar desde Nueva York hasta St. Charles— y el hotel barato recomendado por la agencia de viajes estaba lleno de turistas cautelosos y desorientados como ellos mismos.

Jack Flanders había vivido en Londres con su mujer al poco de terminar la guerra, y ahora no dejaba de comentar cómo había cambiado todo.

—Toda la ciudad se parece tanto a los Estados Unidos —dijo—. Supongo que será igual en todas partes —insistía en ponderar las bondades del subterráneo—. Vas a ver que es mucho mejor que el de Nueva York —y la llevó a lo que él llamaba su viejo vecindario, que quedaba en el punto en que Fulham Road separa South Kensington de Chelsea.

El barman de su vieja taberna no lo reconoció, pero cuando Jack le dijo su nombre y le estrechó la mano se volvió muy cordial, aunque por la manera en que rehuía mirarlo a los ojos era evidente que fingía.

—Soy bastante mayor como para que me importe si un barman se acuerda de mí —le dijo Jack mientras bebían cerveza tibia en un rincón, lejos del juego de dardos—. Además, siempre he aborrecido a los norteamericanos que regresan de Inglaterra con esos cuentos cursis acerca de las maravillosas tabernas inglesas. Vámonos de aquí.

La llevó por una calle lateral hasta una casa oscura. Había vivido en el subsuelo de esa casa. Hizo que se alejaran para poder contemplarla, y se quedó un largo rato mirándola, agobiado y pensativo. Emily permaneció cerca del bordillo de la acera, mirando a ambos lados de la calle, tan silenciosa que era posible oír el ruido del mecanismo que cambiaba las luces de tráfico en la esquina. Sabía que no debía impacientarse, a lo mejor estaba componiendo un poema, pero eso no la ayudó en nada.

—Hijo de puta —dijo él, cuando finalmente decidió alejarse del edificio—. Recuerdos, recuerdos. Fue una equivocación venir a esta casa. Me ha deprimido. Vamos a tomar un trago. Un verdadero trago, esta vez.

Pero las tabernas estaban cerradas.

—Está bien —le aseguró él—. Hay un pequeño club a la vuelta de la esquina, llamado Apron Strings. Yo solía ser socio. Creo que nos van a dejar entrar. A lo mejor encuentro a algún conocido.

Pero se las vieron con un portero de las Indias Occidentales, de cara de piedra, que les negó la entrada. El club había cambiado de administración desde la época en que había estado Jack.

Subieron a un taxi y Jack se inclinó sobre el asiento del conductor con ansiedad.

—¿Hay algún lugar donde se pueda tomar un trago? No quiero decir un lugar para turistas, de esos donde estafan a la gente, sino un lugar decente —se volvió a reclinar y le dijo a Emily—: Te va a parecer tonto, pero si no tomo un poco de whisky esta noche no me voy a poder dormir.

Fueron recibidos en una antesala por un hombre vestido de etiqueta que parecía egipcio o libanés.

—Éste es un lugar muy caro —les dijo con una sonrisa amable y confidencial—. Yo no se lo recomendaría.

Pero Jack estaba desesperado de sed, y se sentaron en un sótano alfombrado, oscuro, en el que un negro afeminado tocaba el piano, bastante mal. Por dos tragos pagaron veintidós dólares.

—Ésta es probablemente una de las cosas más estúpidas que he hecho en mi vida —dijo Jack mientras volvían al hotel. Cuando llegaron, vieron que el bar estaba abierto—. Oh, Dios —dijo él, pegándose en la frente—, claro, me había olvidado. Los bares de los hoteles están abiertos hasta tarde. ¿No es ridículo? Bueno, supongo que podemos tomar una copa antes de acostarnos.

Emily sorbió un whisky que no tenía ganas de beber mientras oía la disonancia estridente de voces norteamericanas e inglesas. Había un inglés joven en el bar que le recordaba a Tony Wilson en 1941. De repente, Emily se dio cuenta de que estaba a punto de llorar. Trató de evitarlo con algo que hacía de niña: se metía las uñas de los pulgares con toda la fuerza debajo de las de los índices, para que el dolor autoinfligido sobrepasara el de la garganta. Pero fue inútil.

—¿Estás bien, querida? —le preguntó Jack—. Pareces... a punto de... Espera. Pido la cuenta y... ¿Puedes aguantar hasta que lleguemos arriba?

Una vez en el cuarto lloró y lloró, mientras él la abrazaba, la acariciaba y le besaba la temblorosa cabeza, diciendo:

—Bueno, bueno. Sé que ha sido horrible, todo culpa mía. Pero no han sido más que veintidós dólares.

—No es por los veintidós dólares —dijo ella.

—Ya veo, es por toda la asquerosa noche que hemos pasado. La manera en que te arrastré a esa casa y me sumergí en una de mis depresiones...

—No es por ti; ¿por qué piensas que siempre todo está relacionado contigo? Es sólo que... que es mi primera noche en un país extranjero y me ha hecho sentir tan... vulnerable —lo que era verdad, pensó, mientras se levantaba de la cama para sonarse la nariz y lavarse la cara, aunque sólo era parte de la verdad. Toda la verdad era que no quería viajar con un hombre al que no amaba.

París estuvo mejor, era como las fotos de la ciudad que había visto toda la vida, y le daban ganas de caminar durante horas.

—¿No te cansas? —le preguntaba Jack, que se quedaba atrás.

Él también había vivido allí, hacía mucho, pero ahora, mientras caminaba trabajosamente con una mirada de azoramiento petulante, era el perfecto turista norteamericano torpe. Cuando entraron en el vasto silencio de Notre Dame, ella tuvo que meterle dos dedos por la parte posterior del cinturón para evitar que caminara en medio del grupo de reclinatorios donde estaba rezando la gente.

Habían planeado quedarse más tiempo en Cannes para que Jack pudiera trabajar. Le dijo que había hecho los mejores poemas de su vida en Cannes y ejercía una atracción sentimental sobre él. Además, sería práctico: ella podía pasarse el día en la playa mientras él se recluía.

Emily disfrutó de la playa. Le encantaba nadar, estaba dispuesta a admitir que le gustaban las miradas de aprobación que recibía de los bronceados franceses, dirigidas a su biquini. Delgada, parecían decir: senos pequeños, claro, pero linda. Muy linda.

Cuando terminaba el día volvía al hotel para encontrar la habitación que ocupaban llena de un olor acre a cigarrillo.

—¿Qué tal te ha ido? —le preguntaba a Jack.

—Terrible —él estaba de pie, caminando por el cuarto, de aspecto macilento—. ¿Sabes una cosa? Un libro de poemas debe ser juzgado por el más débil de todos. Y el mío tiene cinco o seis muy débiles, que van a tirar abajo el resto. Todo el libro se va a hundir.

—Tómate un día libre. Vamos a la playa mañana.

—No, no, eso no va a servir de nada.

Nada servía, y durante días él no hizo más que quejarse y preocuparse. Por fin dijo:

—Esto es demasiado caro, de todas maneras estamos pagando una fortuna. Mejor que probemos en Italia, o en España.

Probaron en ambos países.

A ella le gustaron la arquitectura y las esculturas de Florencia —todo el tiempo veía cosas que había estudiado en sus clases de Historia del arte, hacía mucho— y en las tiendas y kioscos cerca del puente cubierto compró regalitos para Pookie, Sarah y los muchachos. En Roma hacía demasiado calor. Casi se desmayó camino de la Capilla Sixtina: tuvo que entrar arrastrándose a un café de apariencia poco amistosa para pedir un vaso de agua. Se quedó sentada largo rato mirando fijamente una Coca-Cola antes de juntar ánimos para volver al asfixiante hotel, donde la esperaba Jack con un lápiz detrás de la oreja y el otro entre los dientes.

A los dos les gustó Barcelona; tenía árboles y una brisa que soplaba del mar; por fin encontraron una habitación fresca dentro de su presupuesto, y por la tarde iban a lugares agradables a tomar una cerveza. Madrid les pareció tan inescrutable e inflexible como Londres. Lo único bueno que tenía Madrid, según Jack, era el bar del hotel, donde siempre servían medidas generosas de whisky.

Fueron a Lisboa, y llegó el momento de regresar.

Nada había cambiado en Iowa City. La vista de la casita y luego de la gran habitación les trajo vívidos recuerdos del año anterior: era como si nunca se hubieran alejado.

Emily fue a buscar a *Cindy* en coche a la casa donde la habían dejado, y cuando la perra la reconoció y se puso a menear la cola, a temblar y a enseñar los dientes, se dio cuenta de que durante todo el verano había estado esperando este momento.

En octubre Jack le dijo:

—¿Recuerdas que dije que en septiembre terminaba mi plazo? Eso te debe servir de lección para que no confíes en mí y en mis promesas.

—¿Por qué no lo mandas tal cual está? —dijo ella—. Un buen editor te puede ayudar a podar los poemas más flojos; a lo mejor hasta puede mejorarlos.

—No, no, no hay editor tan bueno. Además, no se trata solamente de unos poemas flojos; todo el libro tiene algo neurótico y enfermizo. Si me atreviera a dejártelo leer te darías cuenta de lo que te quiero decir. Sin embargo, voy a hacer una cosa que tú sugeriste. Voy a trasladarme a la habitación pequeña a trabajar allí.

Eso era un adelanto: ella no tenía que sentirse observada todo el día.

Al poco tiempo de instalarse en la habitación pequeña, Emily fue a limpiar, cuando él estaba en la universidad, y trató de cambiar de lugar una pesada caja de cartón con ropa de invierno. Se dio la vuelta y se abrió, y encontró una botella de bourbon, mediada, escondida en el bolsillo de un sobretodo. Pensó en ponerla entre las botellas de la cocina, pero por fin se decidió a colocarla en su lugar anterior.

Resucitó el manuscrito de «Una neoyorquina descubre el Medio Oeste» y se dedicó a él con bastante regularidad durante algunos días, pero no pudo lograr unidad. Lo que pasaba era que el artículo se basaba en una mentira: ella no había descubierto el Medio Oeste, de la misma manera que no había descubierto Europa.

Un domingo por la mañana estaba sentada en la mecedora, con *Cindy* sobre el regazo. Tenía una taza de café en una mano y con la otra acariciaba el pelo duro de la perra, mientras cantaba una canción infantil, en voz muy baja, sin darse cuenta de lo que hacía.

¿Cómo estás, Cindy?
¿Cómo estás hoy?
¿Quieres ser mi compañera?
Yo te mostraré el camino.

—¿Sabes una cosa? —le dijo Jack, sonriendo, desde la mesa del desayuno—. Por la manera en que te portas con esa perra, cualquiera diría que quieres tener un bebé.

Se sorprendió.

—¿Un bebé?

—Claro que sí —él se puso de pie y se detuvo a su lado. Empezó a acariciarle el pelo con los dedos—. Todas las mujeres quieren tener un bebé en algún momento, ¿no?

La ventaja de estar sentada, mientras él estaba de pie, era que no tenía que mirarlo de frente.

—Oh, no lo sé —dijo—. Supongo que es así.

—Podría señalarse también —dijo él— que el tiempo pasa.

—¿Adónde quieres llegar, Jack?

—Baja a *Cindy*. Ponte de pie. Ven y abrázame. Entonces te lo diré —él la abrazó y ella le puso la cabeza sobre el pecho, para no tener que mirarlo a los ojos—. Escucha —le dijo él—. Cuando me casé no sabía lo que hacía; me casé por casarme, y desde que me divorcié, hace años, me vengo diciendo que no voy a volver a hacerlo. Pero sucede que he cambiado al respecto, Emily. Escucha. Ahora no, querida, pero en cuanto termine el maldito libro, ¿crees que podrías casarte conmigo?

La tomó de las dos manos y se alejó para mirarla. Tenía los ojos brillantes, y la boca entreabierta, con una expresión que era mezcla de timidez y orgullo, como la de un niño que acaba de robar su primer beso. Tenía un pequeño rastro de yema de huevo en la barbilla.

—Bueno, no sé, Jack —dijo ella—. Es algo que tendría que meditar, supongo.

—Claro —parecía lastimado—. Claro, ya sé que no soy un premio para nadie.

—No es por ti, sino por mí. No sé si estoy preparada para...

—He dicho *claro* —después de un momento entró en su cuarto y cerró la puerta.

Seguían dando paseos por la tarde —los árboles lucían su follaje otoñal— pero ahora era Emily la que caminaba con la cabeza gacha, en silencio, mirando hacia abajo. Sin decir nada al respecto, evitaban la ruta que pasaba junto al roble solitario.

En noviembre ella decidió dejarlo. Regresaría a Nueva York, aunque no al *Food Field Observer;* trataría de encontrar un empleo mejor, y también un apartamento mejor; empezaría una vida nueva y sería libre.

No quedaba más que darle la noticia. Formuló mentalmente las primeras frases, y las ensayó varias veces: «Las cosas no andan bien, Jack. Me parece que ambos lo sabemos. He decidido que lo mejor que podemos hacer, los dos, es...». Se quedó sentada junto a la puerta de la habitación pequeña, esperándolo.

Cuando salió parecía que le hubieran disparado un tiro por la espalda. Se hundió en el sofá, frente a ella. Emily lo observó cuidadosamente para ver si veía indicios de que él hubiera estado bebiendo de la botella secreta, pero estaba sobrio. Tenía los ojos tan redondos como los de un actor en los momentos finales de una tragedia.

—No puedo —anunció Jack, en una voz que era apenas más audible que un susurro, y ella se acordó de la manera en que Andrew Crawford le había dicho, hacía años, «No puedo», cuando estaban acostados.

—¿Qué no puedes?

—No puedo escribir.

Lo había consolado tantas veces en momentos como ése que ya no le quedaba más consuelo ni seguridad que brindarle: sólo podía decirle la verdad.

—Me gustaría que no dijeras eso —dijo.

—¿Sí? Bueno, a mí también me gustaría. Hay una cantidad de cosas que me gustaría hacer.

Estaba claro que ahora no se lo podía decir. Esperó dos o tres días, hasta que ya no pudo esperar más, y entonces se lo dijo:

—Las cosas no andan bien; me parece que los dos lo sabemos. He decidido que lo mejor es...

Nunca pudo acordarse de cómo terminó la oración, ni qué contestó él, ni lo que ella dijo a continuación. Sólo se acordaba de la breve demostración de vulgar indiferencia, y luego su rabia. Gritó y tiró un vaso de whisky contra la pared, como si creyera que la haría quedarse si tenían una pelea ruidosa. Finalmente, rogó:

—Por favor, no me hagas esto, por favor...

Sólo a las dos de la mañana Emily pudo hacerse la cama en el sofá.

El otoño se iba convirtiendo rápidamente en invierno cuando se marchó a Nueva York, sola.

3.

Sabía que estaba despierta porque podía ver la luz de la mañana en la pálida forma flotante de una persiana cerrada, a lo lejos. No era un sueño: estaba acostada en una cama junto a un hombre extraño, en un lugar extraño, sin ningún recuerdo de la noche anterior. El hombre, fuera quien fuese, le había pasado un brazo pesado y una pierna pesada por encima, y la aplastaba. Al tratar de zafarse, ella empujó una mesita de noche que se volcó con un estrépito de vidrios rotos. Él no se despertó, pero gruñó y se dio la vuelta, lo que hizo posible que ella pudiera arrastrarse hasta el pie de la cama y librarse, evitando los cristales rotos; caminó luego a tientas hasta encontrar el interruptor de la luz. Conservó la calma: nunca le había sucedido algo así, pero eso no significaba que volviera a ocurrir. Si podía encontrar la ropa y salir de ese lugar, tomar un taxi y volver a su casa, tal vez aún estaba a tiempo de ordenar el mundo.

Cuando encontró el interruptor, la habitación cobró vida ante sus ojos, pero no la reconoció. Tampoco reconocía al hombre. Estaba de espaldas a ella pero podía ver su perfil; lo estudió con mucho cuidado, como si estuviera a punto de dibujarlo del natural, pero no le dijo nada. Lo único familiar en el cuarto era su ropa, puesta sobre el respaldo de un sillón tapizado en cordero y no lejos de la silla alrededor de la cual estaban desparramados, en el suelo, los zapatos del hombre, los pantalones, la camisa y la ropa interior. Vino a su mente la palabra «sórdido». Era un asunto sórdido.

Se vistió rápidamente y encontró el baño. Mientras se peinaba frente al espejo se dio cuenta de que no era crucial alejarse de ese lugar; había otra alternativa. Podía darse una ducha caliente, ir a la cocina, preparar café y esperar a que él se despertara; lo saludaría con una agradable sonrisa matinal —levemente reservada, apenas estudiada— y mientras conversaban seguramente se acordaría de todo: quién era él, cómo se habían conocido, dónde había estado ella la noche anterior. Todo le volvería a la mente, y a lo mejor el hombre le gustaba. A lo mejor sabía preparar un *bloody mary* para aliviar la borrachera, la invitaba a desayunar fuera, y llegaban a...

Pero ése era el consejo de la irresponsabilidad, de la promiscuidad, de la sordidez, y decidió no seguirlo. De regreso en la habitación donde había dormido levantó la mesa en forma de huso que se había venido abajo con su carga de botellas y vasos. Encontró una hoja de papel y le escribió una nota que dejó sobre la mesa:

Ten cuidado.
Hay cristales rotos en el suelo.
E.

Luego salió del apartamento y quedó libre. Hasta que estuvo en la calle —resultó ser la calle Morton, cerca de la Séptima Avenida— no empezó a sentir el peso de todo lo que había bebido la noche anterior, ya que no estaba acostumbrada. El sol la asaltó, penetrándola con rayos amarillos de dolor que le atravesaron el cráneo; apenas si podía ver, y al tratar de abrir la puerta de un taxi notó que le temblaba la mano. Pero durante el viaje a su casa, aspirando el viento caliente que entraba por la ventanilla, empezó a sentirse mejor. Era sábado —¿cómo podía estar segura del día si se había olvidado de todo lo demás?— y eso le daba dos días de recuperación antes de volver al trabajo.

Era el verano de 1961, y tenía treinta y seis años.

Al poco tiempo de volver de Iowa la habían empleado como redactora en una pequeña agencia de publicidad, y se había convertido en una especie de protegida de la mujer que la administraba. Era un buen empleo, aunque hubiera preferido estar en el periodismo, pero lo mejor de todo era que le permitía vivir en un apartamento espacioso, en un piso alto, cerca de Gramercy Park.

—Buenos días, señorita Grimes —dijo Frank, en la recepción. Nada en el rostro de él revelaba que pudiera imaginarse cómo había pasado la noche, pero no podía estar segura: recorrió el pasillo con un desusado porte de severidad, por si él la seguía con la mirada.

El papel de la pared del vestíbulo tenía un motivo de cría de caballos, en amarillo sobre gris; siempre pasaba por allí sin mirar siquiera, pero esta vez lo primero que notó al salir del ascensor fue que alguien había dibujado con lápiz un pene largo y grueso asomando entre las patas posteriores de uno de los caballos, con enormes testículos colgando. Su primer impulso fue conseguir una goma y borrarlo, pero se dio cuenta de que no serviría de nada: tendrían que poner una hoja nueva de papel encima.

Sola y segura tras la puerta cerrada de su apartamento, sintió placer al ver que todo estaba limpio. Pasó media hora en la ducha, lavándose con jabón, y mientras se bañaba se empezó a acordar de la noche anterior. Había ido al piso de un matrimonio que apenas conocía, en la calle setenta y tantos Este, y resultó que daban una fiesta grande y ruidosa, lo que explicaba sus nervios, que la hicieron beber demasiado rápido. Cerró los ojos bajo el fuerte golpe del agua y recordó una marejada de conversaciones y risas. Vinieron a su mente los rostros de personas extrañas: un hombre calvo y jovial que dijo que la descabellada idea de Kennedy presidente había sido un triunfo del dinero y las relaciones públicas; un individuo apuesto, delgado, con un traje muy caro, que le dijo: «Tengo entendido que usted también está en el juego de la publicidad»; y el hombre que era posiblemente con quien se había acostado. Tenía una voz atenta y formal, que había escuchado durante horas, y una cara común, de cejas espesas, que posiblemente era la misma que ella había observado esa mañana. Pero no se podía acordar del nombre. ¿Ned? ¿Ted? Algo así.

Se puso ropa limpia y cómoda y tomó café —le hubiera gustado beber cerveza pero tuvo miedo de abrir una botella— y empezaba a disfrutar de la sensación de haber vuelto a componer el cuadro mental cuando sonó el teléfono. Él se había despertado; había gruñido al hacer las abluciones matinales y había tomado una cerveza; había encontrado el número que ella probablemente le había dado y preparado un cortés saludo en su honor, mezcla de disculpa y deseo renovado. La invitaba a desayunar o a almorzar, y ella tendría que decidir qué contestarle. Se mordió el labio y dejó que sonara el teléfono cuatro veces antes de levantar el auricular.

—¿Emmy? —era la voz de su hermana Sarah, y sonaba como la de una niña tímida y seria—. Mira, se trata de Pookie, y me temo que son malas noticias.

—¿Está muerta?

—No, pero está muy... Voy a empezar por el principio, ¿quieres? Hacía cuatro o cinco días que no la veía, cosa rara, porque está en casa todo el tiempo, así que esta mañana mandé a Eric al piso sobre el garaje para ver cómo estaba, y volvió corriendo. Me dijo: «Mamá, es mejor que vengas enseguida». Estaba tendida en el suelo del salón, sin ropa, y al principio creí que estaba muerta; no podía sentirle la respiración, aunque sí un pulso muy débil. Otra cosa: había... ¿Me perdonas la crudeza?

—¿Quieres decir que había evacuado?

—Exactamente.

—Bueno, Sarah, eso les pasa a las personas cuando...

—Lo sé, pero tenía pulso. De todas formas, y ésa es la suerte que tengo, nuestro médico está de vacaciones, y el que lo sustituye es un tipo joven, bastante grosero, que yo no había visto nunca; la examinó y dijo que estaba viva pero en coma; me preguntó cuántos años tenía y no supe qué decirle, ya sabes cómo ha sido Pookie siempre con respecto a su edad, y miró por la casa y vio todas esas botellas vacías de whisky y dijo: «Bueno, señora Wilson, nadie vive para siempre».

—¿Está en el hospital ahora?

—Todavía no. Él dijo que haría los arreglos necesarios, pero que llevaría tiempo. Dijo que la ambulancia llegaría esta tarde en algún momento.

Todavía no había llegado para cuando Emily bajó del sofocante tren en St. Charles, donde Sarah la esperaba en el viejo Plymouth que compartía con sus hijos.

—Oh, estoy tan contenta de que hayas venido, Emmy —le dijo—. Ya me siento mucho mejor —la llevó a su casa muy despacio, con mucho cuidado con los cambios y los pedales, como si nunca hubiera dominado por completo su conducción.

—Es gracioso —dijo Emily cuando pasaban frente a un centro comercial—. Cuando yo vine aquí todo esto era campo abierto.

—Las cosas cambian, querida —dijo Sarah.

Pero nada había cambiado en la casona de los Wilson, sólo que las altas malezas habían eclipsado hacía mucho el cartelito con las palabras GRANDES SETOS. El Thunderbird marrón de Tony brillaba en el sendero de entrada. Compraba un coche nuevo cada año, y nadie podía conducirlo excepto él. Sarah le había dicho una vez que era la única extravagancia que tenía.

—¿Está Tony en casa? —preguntó Emily.

—No; ha ido a pescar con unos amigos de Magnum. Todavía no sabe nada de esto —luego, después de aparcar a una respetuosa distancia del Thunderbird, se quedó de pie contemplando las llaves que tenía en la mano con el ceño fruncido—. Mira, Emmy, sé que estarás muerta de hambre pero creo que primero debemos ver a Pookie. No me parece bien que la dejemos allí, sin hacer nada.

—Claro —dijo Emily—. Por supuesto.

Caminaron sobre la granza rechinante hasta el espacio del garaje, que era demasiado estrecho para los automóviles modernos. Emily había ido a visitar a su madre en el pisito de arriba varias veces, y la había escuchado conversar horas enteras bajo el cielo raso mientras observaba las fotos de ella y Sarah de niñas que cubrían las manchadas paredes de aglomerado, esperando la primera oportunidad para poder escapar, pero nada pudo prepararla para lo que encontró ahora al subir las crujientes escaleras.

La vieja mujer desnuda estaba acostada boca arriba, como si se hubiera tropezado en la alfombra antes de caer. El calor que hacía era insoportable —a lo mejor se había desvanecido por eso— y lo de las botellas de whisky era verdad: había seis u ocho en el cuarto, todas vacías. (¿Le habría dado vergüenza poner tantas botellas en el cubo de basura, para que las llevara uno de los muchachos?)

«Chicas, siento terriblemente lo que pasa —parecía decirles—. ¿No puedo hacer nada?».

—¿No te parece que deberíamos ponerla en la cama —dijo Sarah— para cuando llegue la ambulancia?

—Sí. Buena idea.

Primero prepararon el dormitorio. Las sábanas estaban enredadas, y parecía como si no las hubiera cambiado durante varias semanas. Sarah no pudo encontrar sábanas limpias, así que hicieron todo lo que pudieron para que la cama quedara lo más presentable posible. Después fueron a alzarla. Para entonces ya las dos estaban sudando y respiraban con fuerza. Se agacharon y la pusieron de espaldas. Emily la alzó de abajo de los brazos y Sarah la cogió de las rodillas, y así la llevaron. Era pequeña pero muy pesada.

—Cuidado con la puerta —dijo Sarah—, es angosta.

La sentaron en la cama y la mantuvieron erguida mientras Sarah peinaba el poco cabello que le quedaba.

«Eso no importa, querida —parecía decirle a medida que la floja cabeza se tambaleaba bajo el peine—, yo lo puedo hacer más tarde. Cúbreme. Nada más que eso».

—Bueno —dijo Sarah—. Eso está mejor. Ahora, si puedes girarla un poquito, yo le subiré los pies y... así es... despacio, despacio...

Yacía con la cabeza sobre la almohada, y sus hijas se alejaron del feo cuerpo viejo con una sensación de alivio y de tarea cumplida.

—¿Sabes una cosa? —dijo Sarah con animación—. Yo daría lo que fuera por tener su figura a su edad.

—Mmm. ¿No tiene un camisón o algo así?

—No sé. Busquemos.

Todo lo que encontraron fue una bata liviana que estaba casi limpia. Agachándose y pegándose con los codos lograron meterle una manga por uno de los brazos blandos primero, y amontonando la delgada tela bajo la espalda pudieron pasarle el otro brazo por la manga correspondiente. Finalmente la abotonaron y una vez vestida le subieron la sábana hasta la barbilla.

—Te diré que no fue fácil —dijo Sarah mientras iban al salón a recoger las botellas de whisky—. No fue fácil tenerla aquí todos estos años... ¿Van a ser cuatro ya?

—Me imagino.

—Por ejemplo, fíjate en este lugar —mientras sostenía tres o cuatro botellas bajo un brazo, usó la mano libre para indicarle el cuarto. Todas las superficies a la vista estaban cubiertas de suciedad. Los ceniceros rebosaban de colillas—. Y ven aquí, fíjate en esto —llevó a Emily al cuarto de baño y le mostró la taza del inodoro, completamente marrón debajo y encima del nivel de flotación del agua—. Oh, si se hubiera quedado en la ciudad —dijo Sarah—, donde había cosas que podía hacer y gente que ver. Porque aquí no tenía nada que hacer, nunca. Iba continuamente a nuestra casa, y no nos dejaba ver la televisión, ni quería verla ella; no hacía más que hablar y hablar hasta enloquecer a Tony y... y...

—Lo sé, Sarah —le dijo Emily.

Bajaron. El aire les hacía sentirse bien, a pesar del calor. Llevaron las botellas vacías a la puerta de la cocina de la casa principal, donde las metieron en un cubo de basura lleno de moscas.

—¿Sabes lo que creo? —dijo Sarah cuando por fin se sentaron, exhaustas, ante la mesa de la cocina—. Creo que merecemos un trago.

La ambulancia llegó a media tarde, con cuatro hombres jóvenes, veloces y vigorosos, vestidos de blanco impecable, que parecían disfrutar de su trabajo. Ataron a la anciana a una camilla de aluminio, la bajaron con delicadeza, la metieron dentro del vehículo, cerraron la puerta de un golpe y se fueron.

Esa noche Sarah llevó a Emily al hospital, donde un médico cansado les explicó la naturaleza del derrame cerebral. Su madre podía morir al día siguiente, dijo, o vivir muchos años más con serias lesiones cerebrales. En este último caso, probablemente debería ingresar en una institución.

—... Y por supuesto, las instituciones cuestan dinero —dijo Sarah mientras avanzaban a través de los nuevos barrios residenciales—, y nosotros no lo tenemos.

COMIDA, se leía en un cartel luminoso en el camino; debajo, en letras más pequeñas, decía CÓCTELES, y Sarah entró con el viejo Plymouth en la explanada de estacionamiento del lugar.

—No tenía ganas de volver a casa enseguida —dijo—, ¿y tú? —una vez ubicadas en el impoluto reservado dijo—: En realidad, más que tomar una copa tenía necesidad del aire acondicionado, ¿no es maravilloso? —luego alzó el vaso para brindar. De repente parecía muy joven. Dijo—: Para que Pookie mejore del todo.

—Bueno —dijo Emily—, me parece que es mejor que no esperemos algo así, Sarah. El médico dijo...

—Ya sé lo que dijo —insistió su hermana—, pero yo conozco a Pookie también. Es una mujer notable. Es fuerte. *Apuesto* a que se recupera. Espera y verás.

No tenía sentido discutir. Emily estaba de acuerdo con que había que esperar para ver qué pasaba. Durante un rato no dijeron nada, y en ese silencio Emily pensó con perplejidad y disgusto en la manera en que se había despertado esa mañana. ¿Ned? ¿Ted? ¿Lo sabría alguna vez? ¿Habría tenido una especie de lapso, como decían los borrachos consuetudinarios?

Cuando volvió al lugar en que estaba, la cara de su hermana rebosaba orgullo mientras le contaba que Peter entraría en la universidad ese otoño; él consideraba que la universidad le daría la preparación necesaria para luego ingresar en el seminario de teología.

—... en todos estos años su vocación no ha variado. Eso es lo que quiere hacer, y lo va a hacer. Es un muchacho extraordinario.

—Mmm. ¿Y Tony Junior? ¿No terminó la secundaria el año pasado?

—Así es, sólo que no se graduó.

—¿Quieres decir que sus calificaciones eran bajas?

—Así es. Oh, pudo haberse graduado, pero pasó todo el año con ésa. ¿No te lo he contado?

—¿Con una chica?

—No es una chica. Tiene treinta y cinco años. Está divorciada y es rica y lo está arruinando. Lo está arruinando. Yo ya no puedo hablar con él, ni su padre tampoco. Ni siquiera Peter puede hablar con él.

—Oh, bueno —dijo Emily—, muchos jóvenes pasan por cosas así. Supongo que todo se arreglará. Probablemente sea conveniente para él, a la larga.

—Eso es lo que dice el padre —Sarah miró su vaso pensativamente—. Y Eric... bueno, Eric es parecido a Tony

Junior. Supongo que también se parece a su padre. No estudia nunca. Sólo le importan los coches.

—¿Estás... escribiendo algo, Sarah?

—Oh, no. He abandonado los bosquejos humorísticos sobre la vida familiar. Hice cuatro, pero Tony me dijo que no eran graciosos. Dijo que eran buenos, que estaban bien escritos, con buenos detalles, interesantes y todo eso, pero que no eran graciosos. Quizá me esforzaba demasiado.

—¿Podría leerlos alguna vez?

—Claro, si quieres. Sólo que tampoco te parecerán graciosos. No sé. El humor es mucho más difícil que... las cosas serias, sabes. Es más difícil para mí, por lo menos.

La mente de Emily volvió a alejarse, y se puso a pensar en sus propios problemas; regresó cuando se dio cuenta de que Sarah estaba hablando de dinero.

—¿No tienes idea de cuánto gana Tony en Magnum? —decía—. Espera, mira, te lo mostraré —buscó en el bolso—. Aquí está el último recibo. Mira.

Emily esperaba que sería poco, pero aun así se sorprendió: era un poco menos de lo que ganaba ella en la agencia de publicidad.

—Y hace veintiún años que trabaja allí —dijo Sarah—. ¿Te imaginas? Es por ese asunto ridículo de la carencia de título universitario. Todos los hombres de su misma edad con título de ingeniero están en la administración ya. Tony tiene un puesto de supervisión, claro, pero está bastante abajo en la organización. El otro único ingreso que tenemos es el alquiler del chalé, pero casi todo se gasta en mantenerlo. ¿Y tienes idea de los impuestos que pagamos?

—Yo creía que Geoffrey os ayudaba un poco.

—Geoffrey es más pobre que nosotros, querida. El empleo en la pequeña oficina de importaciones sólo le sirve para pagar el alquiler del apartamento de la ciudad, y además Edna ha estado muy enferma.

—¿Así que no hay ninguna... herencia, ni nada así?

—¿Herencia? Oh, no. Nunca hubo nada de eso.

—¿Y cómo os las arregláis, Sarah?

—Oh, nos arreglamos. Apenas, pero nos arreglamos. El primero del mes me siento a la mesa del comedor, y hago que los muchachos se sienten también, o por lo menos cuando eran pequeños, porque es bueno que sepan manejar dinero. Bien, divido todo en cuentas. Antes que nada, los gastos de la casa, «Grandes setos».

—¿Por qué la llamáis así?

—¿Qué quieres decir? *Siempre* se ha llamado así.

—Pookie le dio ese nombre. Yo estaba presente cuando se le ocurrió.

—¿Fue ella? —Sarah parecía tan sorprendida que Emily se arrepintió de haberlo dicho. Ambas tomaron un trago.

—Mira, Sarah —empezó a decir Emily—. Probablemente no sea asunto mío, pero ¿por qué Tony y tú no vendéis esa propiedad? Las casas no valdrán mucho, pero piensa en la tierra. Tienes ocho acres en una de las regiones más ricas de Long Island. Probablemente os den...

Sarah meneaba la cabeza.

—No, no, eso ni se piensa. No podríamos hacer eso, no sería justo para los muchachos. Aman este lugar, es su hogar. Es el único hogar que han conocido. ¿Recuerdas lo que pasamos nosotras cuando éramos niñas? Nunca tuvimos una...

—Pero los muchachos son mayores —dijo Emily. El alcohol empezaba a hacerle efecto: hablaba más mordazmente de lo que hubiera querido—. Pronto se irán. ¿No es hora de que tú y Tony penséis en vosotros mismos? Podríais conseguir una casa moderna por la mitad de lo que estáis gastando...

—Ésa es otra cosa —dijo Sarah—. Aunque no fuera por los muchachos, no nos puedo imaginar a Tony y a mí en una casita pedante y...

—¿Pedante?

—Bueno, una de esas casas convencionales, todas iguales.

—Pedante no quiere decir eso.

—¿No? Yo creía que quería decir «convencional». De todos modos, no podríamos hacer algo así.

—¿Por qué no?

La discusión duró media hora. Hablaban siempre sobre el mismo punto, hasta que finalmente, cuando estaban listas para ir al coche, Sarah cedió de repente.

—Oh, tienes razón, Emily —dijo—. Sería conveniente vender la propiedad. Conveniente para los muchachos también. Sólo hay un problema.

—¿Cuál?

—No podría convencer a Tony.

De regreso en casa atravesaron la maloliente cocina, luego el comedor, la mustia y crujiente sala (Emily esperaba encontrar a Edna enroscada y sonriente sobre un sofá), hasta llegar a lo que Sarah llamaba la guarida, donde Tony y Peter estaban viendo la televisión.

—Hola, tía Emily —dijo Peter, con su voz varonil, poniéndose de pie.

Tony se levantó lentamente, como sin ganas de alejarse de la pantalla, y caminó hacia ellas con una cerveza en la mano. Todavía tenía puesta su ropa de pescar, llena de manchas dejadas por la carnada, y su rostro estaba brillante por el sol.

—Siento mucho lo de Pookie —dijo con su acento afectado.

Peter apagó el rugiente televisor y Sarah dio un informe completo de lo que les había dicho el médico, concluyendo con su propio pronóstico, contrario a los hechos:

—Apuesto a que se recupera.

—Mmm —dijo Tony.

Esa noche las hermanas Grimes se quedaron levantadas, bebiendo. Primero se fueron a acostar Tony y Peter, y luego Eric y hasta Tony Junior llegaron desmañadamente hasta su tía para musitar saludos y expresiones de condolencia por el estado de la abuela. Las hermanas comenzaron en la guarida y luego pasaron al salón, que según Sarah era más fresco. Emily se sentó en el suelo, con las piernas cruzadas, para estar más cerca de la botella que estaba sobre la mesa auxiliar, y Sarah se hundió en el sofá.

—... Y nunca me voy a olvidar de Tenafly —estaba diciendo Sarah—. ¿Recuerdas cuando vivíamos en Tenafly? ¿En esa casa como de estuco con el baño en la planta baja?

—Por supuesto que me acuerdo.

—Yo tenía nueve años en esa época y tú como cinco; fue el primer lugar en que vivimos después del divorcio. Papá fue a visitarnos una vez, y cuando tú ya estabas acostada me llevó a dar un paseo. Fuimos a tomar un helado. Y de regreso a casa, todavía me acuerdo de la calle y la forma en que daba la vuelta, de regreso a casa me dijo: «Nena, ¿puedo hacerte una pregunta?». Luego dijo: «¿A quién quieres más, a tu mamá o a mí?».

—Por Dios. ¿Te dijo eso? ¿Y qué le contestaste tú?

—Le contesté —Sarah lloriqueó—... le contesté que tendría que pensarlo. Oh, yo sabía, claro —perdió el control de la voz, pero lo recobró—, yo sabía que lo quería a él mucho más que a Pookie, pero me parecía horriblemente desleal para con Pookie decirlo. Así que le contesté que lo pensaría y se lo diría al día siguiente. Él dijo: «¿Lo prometes? Te llamaré por teléfono mañana; ¿me lo dirás entonces?». Se lo prometí. Me acuerdo de que no podía mirar de frente a Pookie esa noche, y que no dormí muy bien, pero cuando me llamó papá se lo dije: «A ti, papá», y pensé que se iba a poner a llorar al teléfono. Él lloraba mucho, ¿recuerdas?

—¿Sí? Yo nunca le vi llorar.

—Sí, lloraba mucho. Era un hombre muy emotivo. De todos modos, dijo: «Eso es maravilloso, cariño», y recuerdo que me sentí aliviada al ver que no lloraba. Luego dijo: «Escucha. En cuanto termine de arreglar unas cosas vendrás a vivir conmigo. A lo mejor no es enseguida, pero estaremos juntos para siempre».

—Por Dios —dijo Emily—. Luego no hizo nada al respecto.

—Oh, después de un tiempo perdí las esperanzas. Hasta dejé de pensar en ello.

—Y tuviste que seguir viviendo con Pookie y conmigo —Emily buscó un cigarrillo—. No tenía ni idea de que te había pasado algo así.

—Oh, no interpretes mal —dijo Sarah—. Te quería a ti también; siempre me preguntaba por ti, especialmente más adelante, cuando empezaste a crecer; quería saber cómo eras, qué te gustaría para tu cumpleaños, cosas así. Sólo que nunca llegó a conocerte bien.

—Lo sé —Emily bebió un trago. Su sentimiento de melancolía aumentaba por la manera en que el alcohol parecía ir directamente del paladar a las venas. Ahora tenía su propia historia que contar; tal vez no era tan triste como la de Sarah, pero serviría—. ¿Te acuerdas de Larchmont? —empezó diciendo.

—Por supuesto.

—Bueno, cuando papá fue para Navidad ese año... —le contó cómo se había quedado despierta escuchando hablar a sus padres en el salón, cómo había llamado a su madre que había subido con olor a ginebra en el aliento y le había dicho que iban a llegar a un nuevo acuerdo, y cómo había perdido las esperanzas al día siguiente.

Sarah asentía, corroborando sus palabras.

—Me acuerdo de esa noche. Yo también estaba despierta. Te oí llamar a mamá.

—¿Me oíste?

—Y oí subir a Pookie. Yo estaba tan excitada como tú. Un poco más tarde, como a la media hora, bajé al salón.

—¿Bajaste?

137

—No había casi luz, pero los pude ver acostados en el sofá.

Emily tragó.

—¿Quieres decir que estaban... haciendo el amor?

—Bueno, había poca luz, pero él estaba encima de ella, en un abrazo, sabes, muy... apasionado —Sarah levantó el vaso inmediatamente para cubrirse la boca.

—Oh —dijo Emily—, ya veo.

Se quedaron calladas un rato. Luego Emily dijo:

—Ojalá me lo hubieras contado hace mucho, Sarah. O no, pensándolo mejor, me alegro de que no lo hicieras. Dime otra cosa. ¿Entendiste alguna vez por qué se divorciaron? La versión *de ella* la conozco, eso de que se sentía «asfixiada» y quería ser libre; se comparaba continuamente con la heroína de *Casa de muñecas*.

—Sí, con la de *Casa de muñecas*. Bueno, en parte fue por eso, pero después de dos años de divorcio, cuando ella quiso que se juntaran de nuevo, él no quiso.

—¿Estás segura?

—Absolutamente.

—¿Por qué?

—Bueno, piensa un poco, Emmy. Si fueras un hombre, ¿la habrías vuelto a aceptar?

Emily pensó un rato.

—No. Pero entonces, ¿por qué se casó con ella?

—La amaba, eso es indiscutible. Una vez me dijo que era la mujer más fascinante que había conocido.

—Bromeas.

—Bueno, a lo mejor no usó la palabra «fascinante». Pero me dijo que era muy atrayente.

Emily estudió la bebida que tenía en la mano.

—¿Cuándo mantuviste todas estas conversaciones con él?

—Oh, por lo general durante la época de la ortodoncia. No era necesario ir a la ciudad una vez por semana, sabes; el dentista me dijo que quería verme una vez al mes. Lo de una vez a la semana fue una historia que inventamos con papá para poder estar más tiempo juntos. Pookie nunca se enteró.

—Yo tampoco —incluso ahora, a los treinta y seis años, Emily sintió celos—. Y ¿quién era Irene Hammond —preguntó—, la señora que conocí en el funeral de papá?

—Oh, Irene Hammond fue la de los últimos años, hacia el fin de su vida. Antes hubo otras.

—¿Otras? ¿Las conociste tú?

—A algunas. A dos o tres.

—¿Eran agradables?

—Una de ellas no me gustó; las otras sí.

—¿Por qué no se volvería a casar?

—No sé. Una vez me dijo, cuando yo estaba comprometida con Donald Clellon, que un hombre tenía que ser feliz en su trabajo antes de decidir casarse, y a lo mejor fue por eso. Nunca fue feliz en su trabajo, sabes. Quería ser un gran reportero, como Richard Harding Davis, o Heywood Broun. Creo que nunca llegó a comprender por qué no fue más que... un copista.

Eso colmó la medida. Durante toda la noche habían estado aguantando las lágrimas, pero eso último fue demasiado. Sarah empezó a llorar primero y Emily se levantó del suelo para abrazarla y consolarla, hasta que fue evidente que no estaba en condiciones de consolar a nadie. Ella estaba llorando también. Aunque su madre yacía en coma a unos treinta kilómetros, las dos se abrazaron, borrachas, para llorar por la muerte del padre.

Pookie no murió al día siguiente, ni al otro. Al tercer día el médico informó que su estado se había «estabilizado» y Emily decidió irse a su casa. Quería estar nuevamente en su piso con aire acondicionado, donde no había olor a moho y todo estaba limpio. Además, quería volver a su trabajo.

—Es una lástima que te veamos tan poco, Emmy —le dijo Tony mientras la llevaba velozmente a la estación en su Thunderbird.

Cuando estacionó cerca del andén para esperar el tren, ella se dio cuenta de que no tendría mejor oportunidad para traer a colación la venta de la propiedad. Trató de hacerlo con tacto, poniendo muy en claro el hecho de que ella sabía que no era asunto suyo y dándole a entender que se trataba de algo que él ya habría pensado anteriormente.

—Oh, Dios mío, sí —dijo él cuando ya oían el ruido del tren que se acercaba—. Me encantaría librarme de eso. Que traigan una pala mecánica y lo entierren. Si por mí fuera...

—¿Quieres decir que no es por ti?

—Oh, no, es Sarah. No quiere ni oír hablar del asunto.

—Pero si Sarah dice que ella *quiere* vender. Me dijo que eras tú el que se oponía.

—¿Sí? —dijo él, divertido—. ¿En serio?

El tren estaba encima de ellos con un ruido infernal; Emily sólo pudo despedirse.

Cuando salió del ascensor en su piso —el gran pene y los testículos seguían llamando la atención en la pared— casi no podía tenerse en pie de cansada. El apartamento estaba tan fresco y acogedor como esperaba. Se hundió en un sillón con los pies en el suelo. Tenía fatiga. Al día siguiente iría a Baldwin Publicidad, haría su trabajo con la inteligencia y la eficiencia que se esperaba de ella, y no bebería nada durante una semana, excepto algún vaso de cerveza o de vino después del empleo. Al poco tiempo volvería a ser ella misma.

Pero mientras tanto sólo eran las ocho de la noche; no tenía nada para leer, no había ningún programa interesante en televisión. No tenía otra cosa que hacer que quedarse sentada pensando en los días transcurridos en St. Charles.

Después de un rato se puso a recorrer el salón mordiéndose el puño. De pronto, sonó el teléfono.

—¿Emily? —era la voz de un hombre—. ¿Estás de verdad? Te he estado llamando continuamente.

—¿Quién es?

—Ted, Ted Banks. ¿Te acuerdas del viernes por la noche? Llevo llamándote desde el sábado por la mañana, tres o cuatro veces al día, pero nunca estás en tu casa. ¿Estás bien?

Al oír su voz y su apellido se acordó de todo. Ahora veía su cara común, de cejas espesas, recordaba su forma, su peso y la sensación que le había producido. Se acordaba de todo.

—No estuve en la ciudad —dijo—. Mi madre enfermó.

—Oh. ¿Y cómo está?

—Está... mejor.

—Bien. Escucha, Emily, antes que nada quiero disculparme, hace años que no bebía tanto. No estoy acostumbrado.

—Yo tampoco.

—Así que si me porté mal lo siento terriblemente...

—No pasó nada; los dos estuvimos un poco tontos —ya no se sentía cansada, excepto de una manera agradable. Se sentía bien.

—Escucha. ¿Te puedo ver de nuevo?

—Por supuesto, Ted.

—Magnífico, magnífico. Porque yo... ¿Cuándo? ¿Pronto?

Miró alrededor con placer. Todo estaba limpio; todo estaba listo.

—Bueno —dijo—, cuando quieras, Ted. ¿Esta noche? Dame media hora para lavarme y cambiarme, y luego ven.

4.

El sanatorio era un modesto asilo de la Iglesia episcopal y quedaba a mitad de camino entre St. Charles y la ciudad de Nueva York. Las hermanas Grimes compartían los gastos que ocasionaba el cuidado de su madre. Al principio Emily iba a visitarla una vez al mes; últimamente había reducido las visitas a tres o cuatro al año. La primera visita, durante el otoño siguiente al ataque de Pookie, fue la más memorable.

—¡Emmy! —gritó la anciana, a medio incorporar en la cama de hospital—. ¡*Sabía* que vendrías hoy!

A primera vista estaba espléndidamente, le brillaban los ojos y sus dientes postizos relucían mostrando una sonrisa de triunfo. Lo horrible fue cuando empezó a hablar. Movía con dificultad la húmeda boca, comiéndose las sílabas, en una lenta parodia de la forma en que había hablado toda la vida.

—¿Y no es maravilloso el modo en que todo nos ha salido tan bien? ¡Imagínate! Sarah es una princesa, y tú estás magnífica. Siempre supe que nuestra familia era especial.

—Mmm —dijo Emily—. Bueno, estás muy bien. ¿Cómo te sientes?

—Oh, un poco cansada, pero tan feliz... tan feliz y tan orgullosa de vosotras dos. Especialmente de ti, Emmy. Hay muchas niñas que se casan con la realeza europea, sólo que, ¿sabes algo gracioso?, ¡todavía no he aprendido a pronunciar su apellido! ¿Cuántas llegan a ser primera dama?

—¿Estás... cómoda aquí?

—Oh, es cómodo, yo sabía que sería hermoso, no en vano está dentro de la Casa Blanca, pero debo decirte algo, querida —bajó la voz y empezó a hablar en un cuchicheo apremiante—. Hay enfermeras que no saben comportarse con la suegra del presidente. Pero... —se reclinó sobre la almohada— pero me imagino que estarás ocupadísima; no debo entretenerte. *Él* vino a verme los otros días.

—¿Sí?

—Oh, sólo estuvo unos minutos, después de la conferencia de prensa, y me llamó Pookie y me dio un beso. ¡Qué hombre tan apuesto, con una sonrisa tan hermosa! Tiene tanto... encanto. ¡Imagínate! Es el presidente más joven de toda la historia de los Estados Unidos.

Emily pensó la siguiente oración con cuidado.

—Pookie —dijo—, ¿has estado soñando últimamente?

La anciana parpadeó varias veces.

—Si he estado soñando, sí, claro que sí. Algunas veces... —de pronto pareció asustada—. Algunas veces tengo pesadillas, sueños horribles sobre cosas terribles, pero siempre me despierto —relajó la cara—. Y cuando me despierto todo vuelve a ser maravilloso...

Cuando salía pasó junto a las puertas abiertas de muchos cuartos llenos de camas y sillas de ruedas, donde se oían murmullos, y se veía de vez en cuando la cabeza de alguna persona anciana. Llegó a la sala de enfermeras, donde había dos mujeres de piernas robustas, vestidas de blanco, tomando café y leyendo revistas.

—Perdón. Soy la hija de la señora Grimes, de la 2 F.

Una de las enfermeras dijo:

—Entonces usted debe de ser la señora Kennedy.

La otra, con una sonrisita cansada, como para hacer ver que estaban bromeando, le dijo:

—¿No nos da su autógrafo?

—De eso quería hablarles. ¿Está así continuamente?

—Algunas veces. Todo el tiempo no.

—¿Lo sabe el médico?

—Bueno, tendría que preguntarle. Sólo viene los martes y viernes por la mañana.

—Ya veo —dijo Emily—. Bueno, creo que es mejor seguirle la corriente, o tratar de...

—No importa mucho lo que se haga —dijo una de las enfermeras—. Yo no me preocuparía, señora...

—Grimes. Soy soltera.

El engaño no duró mucho. Ese invierno Pookie parecía saber quién era la mayor parte del tiempo, pero su conversación resultaba mucho menos coherente. Podía sentarse en una silla e incluso caminar un poco, aunque en una ocasión salpicó el suelo de orina. Para la primavera se había vuelto hosca y silenciosa; sólo hablaba para quejarse de que no veía bien, del mal servicio de las enfermeras o de la escasez de cigarrillos. Una vez pidió que le trajeran lápiz labial y un espejo. Cuando se lo trajeron, estudió la imagen reflejada y dibujó una boca carmesí en la superficie del espejo.

Ese año Emily fue promovida a supervisora en Baldwin Publicidad. Hannah Baldwin, una «muchacha» muy acicalada y vigorosa, de cincuenta y tantos años, que no perdía ocasión para hacer notar que su agencia era una de las tres dirigidas por una mujer en Nueva York, le dijo que tenía un gran futuro en el sector. «Te queremos mucho, Emily», le dijo varias veces, y Emily tuvo que reconocer que ella también. No sería amor, sino más bien un sentimiento mutuo de respeto y satisfacción. Su trabajo le gustaba.

Pero disfrutaba más aún del tiempo libre. Ted Banks duró sólo unos pocos meses; el problema era que cuando estaban juntos ambos sentían una necesidad irresistible de beber en exceso, como si no quisieran tocarse estando sobrios.

La relación con Michael Hogan fue mucho más inteligente. Era un hombre robusto, enérgico, sorprendentemente dulce; tenía una pequeña firma dedicada a las relaciones públicas, pero hablaba tan poco de su trabajo que ella a veces se olvidaba de cuál era su ocupación. Lo mejor que tenía era que no exigía nada de Emily en el plano emocional. Ni siquiera se podría haber dicho que eran amigos íntimos: a veces pasaban semanas enteras en las que no sabía nada de él, aunque poco le importaba, y cuando por fin llamaba («¿Emily? ¿Tienes ganas de que comamos juntos?») parecía como si no se hubieran separado nunca. A los dos les gustaba esa clase de relación.

—¿Sabes una cosa? —le dijo ella una vez—. No hay muchas personas con quienes me guste pasar un domingo.

—Mmm —dijo él. Se estaba afeitando, cerca de la puerta del baño; ella estaba acostada en la cama de matrimonio, apoyada sobre las almohadas, mirando *The New York Times Book Review*.

Al pasar la página la asaltó la foto de Jack Flanders, mucho más viejo y más triste que cuando lo conoció. Había fotos de otros tres hombres en la misma página, dedicada a la poesía publicada esa primavera; leyó rápidamente hasta encontrar la parte que se refería a Jack.

En su madurez, John Flanders, otrora volátil, ha adoptado una actitud de afable aceptación de las cosas tal cual son, actitud que una y otra vez se ve traspasada por un profundo pesar de lo perdido. Días y noches, su cuarto volumen, despliega la cuidadosa maestría a la que nos ha acostumbrado, pero con frecuencia hay muy poco más que admirar. ¿Bastan acaso la aceptación y el pesar? Para la vida diaria, tal vez sí, pero es probable que no sean suficientes para las exigencias superiores del arte. Como lector, echo de menos el antiguo fuego de Flanders.

Algunos de los poemas de amor son conmovedores, en especial «Roble de Iowa», con su fuerte y erótica estrofa final, y «Propuesta de matrimonio», con su curioso comienzo: «Te observo mientras juegas con el perro y me pregunto / ¿Qué espera esta mujer de mí?». Los demás poemas, no obstante, pueden ser desechados por comunes o sentimentales.

El largo poema final debió ser suprimido antes de que el manuscrito fuera a imprenta. El título mismo es poco apropiado —«Recordando una visita a Londres»— y el poema constituye un doble recuerdo que deja perplejo al lector: el poeta recuerda apesadumbrado un momento pasado ante una puerta londinense en que recordaba apesadumbrado otro momento anterior. ¿Puede un poema ser tan mortificante sin convertirse en ridículo?

El lector cierra el delgado volumen embargado por el mismo pesar del poeta, y con igual desesperanza.

Pasando ahora a la nueva obra de William Krueger, audaz y brillante, nos encontramos con una abundancia tal de talento poético que aturde...

El zumbido de la maquinilla eléctrica de Michael Hogan había cesado hacía un rato; Emily levantó la vista y lo encontró leyendo por encima de su hombro.

—¿De qué trata? —preguntó él.

—De nada; hay un artículo sobre la obra de un hombre al que conocí.

—¿Sí? ¿Cuál?

Había cuatro fotos en la página; ella podía haber indicado cualquiera —incluso la de Krueger— ya que Michael Hogan no lo hubiera averiguado nunca (tampoco le hubiera importado), pero sintió un antiguo lazo de lealtad.

—Él —dijo, tocando el rostro de Jack con el dedo.

—Parece como si hubiera perdido a su último amigo —dijo Michael Hogan.

Un viernes por la mañana Sarah la llamó por teléfono a la oficina para preguntarle, alegremente, si estaba libre para el almuerzo.

—¿Estás en la ciudad?

—Así es.

—Magnífico —dijo Emily—. ¿A qué se debe?

—Bueno, Tony ha tenido que venir por una reunión de negocios, pero lo principal es que tenemos entradas para ver a Roderick Hamilton en *Come Home, Stranger,* esta noche, y después vamos a ir al camerino a *conocerlo.*

Roderick Hamilton era un famoso actor inglés que acababa de estrenar una obra de teatro en Nueva York.

—Maravilloso —dijo Emily.

—Él y Tony fueron juntos a la escuela en Inglaterra, sabes. ¿Te lo he contado alguna vez?

—Sí, creo que sí.

—Al principio Tony no se animaba a escribirle, pero yo lo obligué, y nos mandó una carta encantadora diciéndonos que por supuesto se acordaba de Tony y tenía ganas de volverlo a ver, y quería conocerme a mí. ¿No es emocionante?

—Claro que sí.

—Estamos alojados en el Roosevelt, y Tony va a estar ocupado todo el día. ¿Por qué no vienes y almorzamos aquí? Tienen un restaurante fantástico, que llaman el Rough Rider Room.

—Estupendo. ¿Te parece bien a la una?

Cuando entró en el restaurante pensó que Sarah no había llegado todavía —todas las mesas estaban ocupadas por extraños— pero luego vio a una señora pequeña y regordeta, vestida exageradamente, que le sonreía.

—Ven y siéntate, querida —le dijo Sarah—. Se te ve muy bien.

—También a ti —dijo Emily, aunque no era verdad.

En St. Charles, con ropa de campo, Sarah aparentaba la edad que tenía —cuarenta y uno— pero allí parecía mayor. Tenía los ojos maquillados y una doble papada. Tenía los hombros caídos. Evidentemente había dudado sobre qué joyas ponerse con su barato traje beige, y había resuelto el problema ataviándose con todas las fantasías que poseía. En los últimos años se le habían manchado los dientes de marrón.

—¿Algo del bar, señoras? —preguntó el mozo.

—Oh, sí —dijo Sarah—. Quiero un martini extra seco, sin aceituna, sólo con una cascarita de limón.

Emily pidió un vaso de vino blanco («Tengo que trabajar esta tarde») y ambas trataron de sentirse cómodas.

—¿Sabes? —dijo Sarah—, estaba pensando. Ésta es la primera vez que vengo a Nueva York en nueve años. Todo está tan cambiado.

—Tendrías que venir con más frecuencia.

—Lo sé, y me encantaría, pero Tony aborrece Nueva York. Aborrece el tráfico y dice que todo es carísimo.

—Mmm.

—¡Oh! —dijo Sarah, avivándose de nuevo—. ¿Te he contado que nos escribió Tony Junior? —hacía unos meses, después de terminar la relación con la divorciada (que había encontrado a un hombre mayor), Tony Junior se había alistado en la Marina—. Está en el campamento Pendleton, en California, y nos mandó una hermosa carta, larguísima —dijo Sarah—. Por supuesto, Tony sigue furioso con él, hasta ha amenazado con desheredarlo...

—¿Desheredarlo de qué?

—... bueno, ya sabes, desconocerlo; pero yo creo que la experiencia le va a venir bien.

—Y ¿cómo están los otros muchachos?

—Oh, Peter está muy ocupado, en la universidad; sale en la lista del decano *todos* los semestres, y Eric..., bueno, es más difícil decirlo. Sigue loco por los coches.

Luego la conversación se dirigió al tema de su madre, a quien Emily hacía varios meses que no visitaba. Sarah le dijo que el asistente social del sanatorio la había llamado para informarle de que Pookie se estaba convirtiendo en un problema de disciplina.

—¿Qué quiere decir con eso?

—Bueno, dice que mamá hace cosas que molestan a los demás pacientes. Una noche, como a las cuatro de la madrugada, se metió en el cuarto de un anciano y le dijo: «¿Por qué no estás listo? ¿Te has olvidado de que hoy nos casamos?». Parece que siguió diciendo una cantidad de cosas del mismo estilo, hasta que el abuelo tuvo que llamar a las enfermeras para que se la llevaran.

—Oh, Dios mío.

—Pero el asistente social fue muy bueno. Me dijo que si se sigue portando así vamos a tener que sacarla de esa institución.

—Bueno, pero ¿qué haríamos? ¿Dónde la *pondríamos*?

Sarah encendió un cigarrillo.

—En el Central, supongo —dijo, exhalando el humo.

—¿Qué es eso?

—El hospital del Estado. Es gratuito. Aunque me han dicho que es muy bueno.

—Ya veo —dijo Emily.

Con el segundo martini, Sarah hizo un tímido anuncio.

—Supongo que no debería tomarlo —dijo—. Me ha dicho el médico que estoy bebiendo mucho.

—¿Sí?

—No fue una advertencia seria ni nada por el estilo; sólo me dijo que bebiera menos. Dijo que... se me ha agrandado el hígado. No sé. No hablemos de cosas tristes. Apenas si te veo, Emmy, y quiero que hables de tu empleo, tu vida amorosa y todo eso. Además, esta noche voy a conocer a Roderick Hamilton, y quiero estar de buen talante. Divirtámonos.

A los pocos minutos miraba ansiosamente el recinto.

—Es bonito este lugar, ¿no? —dijo—. Es uno de los lugares a los que solía traerme papá, antes de llevarme al tren. Algunas veces íbamos al Biltmore, o al Commodore, pero éste es el lugar del que más me acuerdo. Los mozos lo conocían, y a mí también. Siempre me traían doble ración de helado, mientras papá tomaba su whisky doble, y hablábamos y hablábamos...

Después, Emily no recordaba si Sarah había tomado tres o cuatro martinis durante el almuerzo; sólo recordaba que ella estaba un poco mareada por el vino para cuando les trajeron el pollo, y que Sarah comió muy poco. Tampoco tomó café.

—Oh, Emmy —dijo—. Me parece que estoy un poco borracha. ¿No es ridículo? No sé por qué... Oh, está bien. Puedo dormir un poco en mi habitación. Tengo mucho tiempo antes de que vuelva Tony; entonces comeremos e iremos al teatro, y estaré bien.

Tuvo que ayudarla a levantarse, y también a atravesar el local. Emily la tomó firmemente de uno de sus flácidos brazos y la ayudó a caminar por el pasillo hasta los ascensores.

—Estoy bien, Emmy —decía continuamente—. Estoy bien. Puedo sola —pero Emily no la soltó hasta que llegaron a la habitación, donde Sarah dio unos pasitos y se desplomó sobre la cama de matrimonio—. Estoy bien —dijo—. Después de dormir un poco estaré perfectamente.

—¿No quieres quitarte la ropa?

—Está bien. No te preocupes. Estoy bien.

Emily volvió a la oficina pero no pudo concentrarse en su trabajo. Como a las cinco empezó a sentir una especie de placer culpable: ahora que acababa de ver a su hermana, podrían pasar meses —tal vez años— hasta tener que volver a verla.

Pasaría la noche sola; algunas veces, cuando planeaba las cosas bien, no le molestaba en absoluto estar sola. Primero se ponía ropa cómoda y disponía los ingredientes para una cena liviana en la cocinita, y luego se preparaba un trago (nunca tomaba más de dos), y veía el telediario de la tarde en la televisión. Después de comer y lavar los platos, se sentaba en un sillón o se echaba en el sofá a leer un libro, y así pasaban las horas hasta acostarse.

Cuando sonó el teléfono a las nueve, se sobresaltó. La voz débil y quejumbrosa de Sarah.

—¿Emmy? —hizo que se pusiera de pie rápidamente—. Escucha —decía Sarah—, no me gusta pedirte esto, pero ¿crees que podrías venir? ¿Al hotel?

—¿Qué pasa? ¿Por qué no estás en el teatro?

—No... no fui. Te lo explicaré cuando te vea.

Emily tomó un taxi que no hacía más que meterse de embotellamiento en embotellamiento, y durante todo el viaje trató de no pensar en nada; seguía intentándolo mientras recorría el largo pasillo alfombrado hasta la puerta de la habitación de Sarah, que estaba abierta un par de pulgadas. Pensó en entrar sin llamar, pero cambió de opinión y llamó.

—¿Anthony? —dijo la voz tímida y esperanzada de Sarah.

—No, querida, soy yo.

—Oh, entra, Emmy.

Emily entró en el cuarto oscuro y cerró la puerta.

—¿Estás bien? —le dijo—. ¿Dónde está la luz?

—No la enciendas aún. Hablemos un ratito primero, ¿quieres?

Entraba una débil luz azulina por la ventana, que le permitió ver a Sarah acostada tal cual la había dejado ella esa tarde, excepto que ahora había abierto la cama y no llevaba puesto nada más que un *slip*.

—Lo siento mucho, Emmy; no debí haberte llamado, sólo que... Bueno, voy a empezar desde el principio. Cuando volvió Tony yo estaba... todavía borracha, supongo, y tuvimos una pelea terrible a causa de eso y él me dijo que no iba a llevarme al teatro y... bueno, se fue solo.

—¿Fue al teatro solo?

—Sí. Pero no puedes culparlo; yo no estaba en condiciones de conocer a Roderick Hamilton; yo tengo la culpa. Pero... nosotras tuvimos esas conversaciones magníficas el verano pasado, y te llamé porque necesitaba hablar con alguien.

—Bueno, me alegro de que me llamaras. ¿Puedo encender la luz ahora?

—Supongo que sí.

Emily tanteó la pared para buscar el interruptor, y al encontrarlo la habitación se inundó de luz. Había sangre en las sábanas enredadas, y en la almohada; había sangre en la parte delantera del *slip* de Sarah, en toda su cara hinchada y en el pelo.

Emily se sentó en una silla y con una mano se cubrió los ojos.

—No puedo creerlo —dijo—. Me parece increíble. ¿Te *pegó*?

—Así es. ¿Me das un cigarrillo, querida?

—Pero, Sarah, ¿estás herida? Deja que te mire.

—No. No te acerques, ¿quieres? Estoy bien. Si me puedo levantar y lavarme, estaré... debí hacerlo antes de que llegaras —se puso de pie con dificultad y fue tambaleándose hasta el baño. Emily oyó el agua que corría en el lavabo—. Dios mío —dijo—, ¿te imaginas si me hubiera presentado a Roderick Hamilton con *esta* cara?

—Escucha, Sarah —dijo Emily cuando volvieron a estar juntas en el dormitorio—. Me vas a tener que decir algunas cosas. ¿Ha pasado esto antes?

Sarah había logrado limpiarse la cara casi del todo; tenía puesta una bata y estaba fumando un cigarrillo.

—Por supuesto —dijo—. Continuamente. Sucede un par de veces al mes desde hace... unos veinte años. Por lo general no es tan malo como hoy.

—Y nunca se lo has dicho a nadie.

—Una vez, hace años, casi se lo dije a Geoffrey. Vio que tenía un moretón en la cara y me preguntó qué me había pasado y estuve a punto de contárselo, pero pensé que eso sólo crearía más dificultades. No sé; supongo que se lo habría dicho a papá, si hubiera vivido. Los muchachos lo han visto varias veces. Tony Junior le dijo una vez que si lo hacía de nuevo, le mataría. Se lo dijo a su propio padre.

Había botellas de bebida y un balde de hielo en un estante contra la pared, y Emily dirigió una mirada de deseo en esa dirección. Todo lo que tenía que hacer era servirse un trago —y necesitaba uno bastante fuerte— pero se obligó a quedarse sentada, cubriéndose aún los ojos con una mano como si no se animara a mirar a su hermana de frente.

—Oh, Sarah —dijo—. Oh, Sarah. ¿Por qué lo aguantas?

—Estamos casados —dijo Sarah—. Si una quiere seguir casada, tiene que aprender a soportar ciertas cosas. Además, amo a ese tipo.

—¿Qué quieres decir con que amas a ese tipo? Es algo salido de alguna sentimental... ¿Cómo puedes amar a alguien que te trata como...?

Se oyó una llave en la cerradura, y Emily se puso de pie para enfrentarse a él. Ya había preparado lo que tenía que decirle.

Entró parpadeando, sorprendido al verla. Su cara sin expresión parecía la de un borracho, y llevaba un traje oscuro de verano que Sarah había elegido probablemente en alguna tienda barata.

—¿Qué tal la obra, hijo de puta? —le preguntó Emily.

—Por favor, Emmy —le dijo Sarah.

—¿Por favor qué? ¿No es hora de que alguien hable claro aquí? ¿Qué tal Roderick Hamilton, hijo de puta matón que le pega a su mujer?

Tony ignoró sus palabras, y pasó junto a ella con la apariencia de un muchachito despreciado que ignora a sus atormentadores, sólo que la habitación era tan pequeña que se vio obligado a rozarla al dirigirse a las bebidas. Sacó tres vasos altos y empezó a servir whisky.

El silencio de él no la desconcertó, y estaba preparada para tirarle la bebida por la cara si él le extendía un vaso, pero antes le quedaba algo por decir.

—Eres un hombre de Neanderthal —le dijo, recordando lo que le había dicho, hacía muchos años, Andrew Crawford—. Eres un cerdo. Y te juro, ¿me escuchas?, te juro que si vuelves a tocar a mi hermana otra vez... —no había forma de terminar la amenaza, excepto usando las palabras de Tony Junior—, te mato.

Bebió —al parecer, le había alcanzado el vaso y ella lo había aceptado sin pensar— y entonces, con el alcohol corriendo por las venas, se dio cuenta de cómo disfrutaba de la situación. Era espléndido estar absolutamente en lo cierto en un asunto tan claro: era la hermanita luchadora como ángel de venganza, y quería que su gozo no terminara nunca. Miró a Sarah, deseando que no se hubiera lavado la cara ni cubierto la desnudez ni arreglado la cama para esconder las manchas de sangre, pues el cuadro hubiera sido más dramático.

—Está bien, Emmy —dijo Sarah con el mismo tono tranquilo y comprensivo que había usado siempre, durante la niñez, cuando Emmy perdía el control.

Ahora Sarah también tenía un vaso en la mano; por un momento Emily tuvo miedo de que Tony se sentara en la cama junto a su mujer y ella tuviera que soportar la sonriente ceremonia de cruzar los brazos para tomar el primer sorbo que habían aprendido en Anatole, pero eso no sucedió.

Tony pareció ganar cierta compostura gracias a las palabras de Sarah. «Está bien, Emmy.» La miró de frente por primera vez, con algo que parecía una sonrisa, y dijo:

—No hay mucho que decir, ¿no? ¿Por qué no te sientas?

—No me voy a sentar —contestó ella, pero arruinó el efecto de sus palabras al tomar otro trago. Había perdido el gran placer de la confrontación. Se metía como una intrusa en algo que no le concernía. Logró decir algunas cosas lastimeras antes de irse, cosas de las que después no pudo acordarse, aunque probablemente repitió la amenaza de Tony Junior, preguntándole varias veces a Sarah, con una solicitud que sonaba a falsa, si era verdad que «estaba bien». Luego se fue, sintiéndose como una tonta.

Tuvo que hacer un gran esfuerzo de voluntad para no llamar a Michael Hogan («Me parece que esta noche no puedo estar sola —le hubiera dicho—, y hay por delante todo un fin de semana...»); pero para no hacerlo se tomó unas cuantas copas y se acostó.

A la mañana siguiente, tarde, sonó el teléfono. Estaba casi segura de que sería Michael Hogan («¿Quieres que comamos juntos?»), pero se equivocó.

—¿Emmy?

—¿Sarah? ¿Estás bien? ¿Dónde estás?

—En el centro, en un teléfono público. Tony volvió a St. Charles, pero yo le dije que me quería quedar en la ciudad. Quería pensar. He estado en el parque y...

—¿En el parque?

—En la plaza Washington. Qué curioso, todo ha cambiado. No sabía que habían derrumbado nuestra vieja casa.

—Hace años que echaron abajo toda la manzana —dijo Emily—, cuando construyeron el centro de estudiantes.

—Oh. Bueno, no lo sabía. De cualquier manera, si no tienes planes especiales, ¿por qué no vienes y nos vemos? Podríamos desayunar, o almorzar tal vez.

—Claro —dijo Emily—. ¿Dónde quedamos?

—Te espero en el parque. En uno de los bancos, junto a donde solía estar la vieja casa. No tengas prisa, tómate tu tiempo.

Cuando iba en camino, Emily sopesó las posibilidades. Si Sarah había dejado a su marido, querría quedarse con ella —a lo mejor por mucho tiempo—, lo que sería un inconveniente para Michael Hogan. Aunque Michael tenía su apartamento; podrían arreglar algo. Por otra parte, quizás estaba «pensándolo bien», y se marcharía esa noche, de vuelta a St. Charles.

El parque estaba lleno de cochecitos de bebé y de jóvenes atléticos que arrojaban *frisbees*. El diseño había cambiado —los senderos corrían en distintas direcciones ahora— pero Emily no tuvo dificultad para recordar, al pasar, el lugar donde la había abordado Warren Maddock, o Maddox.

Sarah tenía una apariencia patética, sentada en el banco, tal cual Emily había anticipado: se la veía pequeña y andrajosa, con su vestido beige arrugado. Tenía la cara llena de moretones vuelta hacia el sol y parecía estar disfrutando visiones del pasado.

Emily la llevó a una cafetería fresca y decente (sabía que si iban a un restaurante no podrían resistirse a un *bloody mary*, o una cerveza) y durante un par de horas hablaron de lo mismo.

—... No estamos llegando a ninguna parte, Sarah —dijo por fin—. Dices que sabes que deberías abandonarlo, y cuando empezamos a discutir el aspecto práctico de la situación vuelves a eso de que le amas. No vamos a ninguna parte.

Sarah miró el resto de huevo y salchicha que había quedado, frío, en su plato.

—Lo sé —dijo—. Siempre hablo así, sin llegar a ninguna parte, mientras que tú sabes adónde vas. Ojalá tuviera tu mentalidad.

—No es cuestión de «mentalidad», Sarah.

—Sí que lo es. Somos muy distintas, tú y yo. No digo que una sea superior a la otra, sólo que yo siempre consideré que el matrimonio era... bueno, sagrado. No espero que todos piensen igual, pero yo soy así. Cuando me casé era virgen y seguí siéndolo. Quiero decir —agregó de inmediato—, nunca anduve con nadie más —al decir esto sacó un cigarrillo y se lo llevó rápidamente a los labios, poniéndose bizca, tal vez para esconder su nerviosismo o para aparentar un velado orgullo.

—Bueno, muy bien —dijo Emily—. Pero aun en el caso de que el matrimonio sea sagrado, ¿no implica eso que ambas partes lo respeten? ¿Qué hay de sagrado en la forma en que te trata Tony?

—Hace cuanto puede, Emmy. Puede parecerte gracioso, pero es así.

Emily exhaló una gran bocanada de humo y se echó hacia atrás para contemplar el lugar. En un reservado, enfrente de ellas, había una pareja de enamorados hablando en susurros; estaban sentados al lado, y los dedos de la chica trazaban dibujos elípticos en el muslo interior de los vaqueros ajustados del muchacho.

—Escucha, Sarah —le dijo—. Volvamos a donde estábamos hace unos minutos. Puedes quedarte en mi casa todo el tiempo que quieras. Podemos tratar de encontrar un lugar para que vivas sola, y un empleo. No tienes que pensar que se trata de una separación permanente, sino...

—Ya sé, querida, y eres un encanto, pero habrá tantas complicaciones. Para empezar, ¿qué podría hacer yo?

—Hay muchas cosas que puedes hacer —dijo Emily, aunque lo único que se le ocurría era un puesto de recepcionista en el consultorio de un médico o un dentista. (¿De dónde provenían todas esas agradables, inútiles damas de edad mediana, y cómo habrían conseguido sus empleos?)—. Eso no importa —se apresuró a decir—. Lo único que importa es que tomes una decisión. O regresas a St. Charles, o empiezas una nueva vida aquí.

Sarah guardó silencio, simulando que lo estaba pensando; luego dijo:

—Es mejor que regrese —tal como Emily había supuesto—. Cogeré el tren esta tarde.

—¿Por qué? —dijo Emily—. ¿Porque te «necesita»?

—Nos necesitamos mutuamente.

Así que quedó decidido. Sarah regresaría. Emily tendría todos los días y todas las noches libres para Michael Hogan y para el hombre que lo siguiera en la interminable sucesión. Tuvo que reconocer que se sentía aliviada, aunque no podía demostrarlo.

—Lo que realmente temes —le dijo, como una especie de recriminación—, lo que realmente temes es que Tony te deje a ti.

Sarah bajó los ojos, mostrando la fina cicatriz azulada.

—Así es —dijo.

Tercera parte

1.

Cuando Emily pensaba en su hermana —lo que no hacía muy a menudo— se repetía que había obrado bien. Le había dicho a Tony lo que pensaba de él y le había ofrecido un refugio a Sarah. ¿Alguien hubiera hecho más que eso?

Algunas veces hallaba que Sarah constituía un tópico interesante de conversación con los hombres.

—Tengo una hermana cuyo marido la castiga continuamente —decía.

—¿Sí? ¿Le pega de verdad?

—Le pega de verdad. Hace veinte años que le pega. Y ¿sabes algo gracioso? Sé que suena horrible que hable de mi propia hermana, pero me parece que a ella le gusta.

—¿Le gusta?

—Bueno, a lo mejor no le gusta exactamente, pero lo soporta. Ella cree en la institución del matrimonio, sabes. Una vez me dijo: «Me casé virgen y he seguido siendo virgen». ¿Has oído algo más raro?

Cuando decía esas cosas —por lo general medio borracha, o de noche tarde— después se arrepentía terriblemente, pero disminuía el sentimiento de culpa jurando que no lo volvería a hacer.

Además, no había tiempo para angustias. Estaba ocupada. A principios de 1965 Baldwin Publicidad consiguió un cliente que, según Hannah Baldwin, era un sueño: National Carbon, cuya nueva fibra sintética, tynol, seguramente revolucionaría la industria textil. ¡Piensa en lo que hizo el nylon! —exclamaba Hannah—. Para esto el único límite es el cielo, y nosotros somos la planta baja.

Emily hizo una serie de anuncios para introducir la fibra, y a Hannah le encantaron.

—Me parece que has dado en la tecla, corazón —le dijo—. Los ganaremos por asalto.

Pero algo sucedió, en cambio.

—No me puedo imaginar qué pasa —le dijo Hannah—. Los consejeros legales de National Carbon quieren que vayas a hablar con ellos sobre la campaña. No me quisieron decir nada por teléfono, pero algo serio ocurre. El hombre que llamó se llama Dunninger.

Emily lo encontró solo en su despacho alfombrado de una torre de acero y cristal. Era grande y vigoroso, con un mentón poderoso y una voz que le hizo tener ganas de hacerse un ovillo y meterse en su bolsillo como una gatita.

—Permítame el abrigo, señorita Grimes —le dijo—. Siéntese, no, venga y siéntese a mi lado, así podemos ver el material juntos. En general me parece bien —empezó diciendo, y mientras él hablaba ella apartó la vista de los diseños y las páginas de copias para explorar la amplia superficie de su escritorio.

El único adorno era la fotografía de una encantadora muchacha de pelo negro, probablemente su hija; probablemente vivían en Connecticut, y cuando llegaba a su casa todas las tardes jugaba un partido de tenis con ella antes de bañarse y cambiarse y reunirse con la señora Dunninger para tomar un cóctel en la biblioteca. ¿Cómo sería la señora Dunninger?

—Hay una sola cosa —estaba diciendo él—. Una frase, y desgraciadamente es una frase que aparece varias veces en su copia. Usted dice que el tynol tiene «la elegancia natural de la lana». Eso podría ser malinterpretado, se da cuenta, ya que estamos hablando de un tejido sintético. Podría traernos problemas legales.

—No lo entiendo —dijo Emily—. Si yo digo: «Usted tiene una paciencia de santo», no quiero decir que sea un santo.

—¡Ah! —se reclinó en su sillón, sonriéndole—. Pero si yo le digo: «Usted tiene ojos de puta», podría meterme en dificultades.

Se rieron y siguieron charlando más de lo que hacía necesario el asunto entre manos, y Emily no dejó de notar que él admiraba sus piernas, su cuerpo y su cara. Tenía treinta y nueve años, pero los ojos de él la hacían sentir más joven.

—¿Es su hija? —le preguntó, refiriéndose a la foto.

Pareció turbarse.

—No, mi esposa.

Era imposible decir «perdón» o algo así sin empeorar las cosas.

—¡Oh! —dijo—. Es encantadora —luego musitó algo como diciendo que era hora de irse, y se puso de pie.

—Me parece que la palabra ofensiva es «natural» —dijo él, acompañándola a la puerta—. Si puede cambiarla, ya no habrá problemas.

Le dijo que haría lo que pudiera, y cuando el ascensor la bajó al plano real pensó en sus fantasías: él no vivía en Connecticut; vivía en el sector Este de la ciudad, en un apartamento de un último piso con esa hermosa mujer que hacía pucheritos y se acicalaba en el espejo el día entero, esperando que él volviera al hogar.

—¿Señorita Grimes? —le dijo por teléfono unos días después—. Howard Dunninger. Quería preguntarle si podemos almorzar juntos.

Mientras tomaban vino en lo que a ella le pareció un restaurante francés «maravilloso», lo primero que le dijo fue que en realidad no estaba casado: se había separado de su mujer hacía tres meses.

—Bueno, «separado» es un eufemismo —dijo él—. La verdad es que me dejó. No por otro hombre; sólo porque estaba cansada de mí, supongo que hacía bastante que se había cansado de mí, y quería ver cómo era la libertad. Oh, es comprensible, supongo. Tengo cincuenta años, y ella veintiocho. Cuando empezamos a vivir juntos yo tenía cuarenta y dos y ella veinte.

—¿No es un poco romántico seguir teniendo su foto en el escritorio?

—Es pura cobardía —dijo—. Hace tanto que está allí que pensé que a la gente le parecería extraño si la quito.

—¿Dónde está ahora?

—En California. Quería irse lo más lejos posible.

—¿Tenéis hijos?

—Yo, de mi primer matrimonio; eso fue hace mucho. Dos muchachos, los dos mayores.

Mientras comía ensalada y pan francés y miraba las personas elegantes y bien vestidas sentadas ante otras mesas, Emily se dio cuenta de que podía hacer el amor con Howard Dunninger esa misma tarde. A Hannah no le importaría si no aparecía por la oficina, y seguramente el asesor general de National Carbon no tendría horario fijo. Ambos habían superado la época de las responsabilidades triviales.

—¿A qué hora vuelves a la oficina, Emily? —preguntó mientras el mozo dejaba un brillante vaso de coñac junto al café.

—Oh, no importa. A cualquier hora.

—Bien —sus labios delgados se curvaron con cierta timidez—. He conversado yo todo el tiempo, y no sé nada de ti. Cuéntame algo.

—Bueno, no hay mucho que contar.

Pero no era así: su autobiografía, corregida y exagerada aquí y allá para ganar en dramatismo, parecía imposible de concluir. Aún seguía hablando cuando él la ayudó a caminar por la hirviente acera, luego a subir a un taxi, y finalmente descendieron frente al edificio de apartamentos donde él vivía. Dejó de hablar en el ascensor, no porque hubiera terminado, sino porque le pareció importante estar en silencio allí.

No era el apartamento del último piso, ni tan magnífico como ella se lo había imaginado. Era todo blanco, azul y marrón, y olía a cuero; resultaba casi común y corriente, y el suelo parecía inclinarse en peligrosos ángulos mientras él cumplía con las cortesías preliminares: «¿Quieres tomar algo? Siéntate aquí...». En cuanto se sentaron juntos empezaron a tocarse. Los ruidos de la ciudad, diecinueve pisos abajo, eran acallados por el ruido que hacían al respirar con fuerza; cuando la llevó al dormitorio fue como un tránsito, esperado y bien merecido, a la luz y al aire.

Howard Dunninger llenaba su vida. Era tan atrayente como Jack Flanders, pero sin su terrible necesidad de dependencia; le exigía tan poco como Michael Hogan. Cuando buscaba compararlo con alguien por la manera en que la hacía sentir en la cama, noche tras noche, tenía que retroceder hasta Lars Ericson.

Después de las primeras semanas dejaron de usar el apartamento de él —le dijo que no quería acordarse todo el tiempo de su esposa— y empezaron a usar el de ella. Eso le permitía llegar al trabajo a tiempo por la mañana, aunque había otra ventaja, más sutil: cuando ella era huésped en la casa de él parecía haber algo temporal y tentativo en su relación; al venir a su apartamento había un compromiso mayor. ¿O no? Cuanto más pensaba en eso, más se daba cuenta de que el argumento podía invertirse: mientras él fuera el visitante, podía marcharse en cualquier momento.

De cualquier manera, el piso de ella se convirtió en el hogar de ambos. Al principio él demostró timidez a la hora de traer sus cosas, pero pronto uno de sus cajones se llenó de sus camisas, y había tres trajes oscuros y un montón de corbatas en el ropero. A ella le gustaba acariciar sus corbatas, como si fueran una soga de seda.

Howard tenía un Buick descapotable, que guardaba en un garaje en el centro, y cuando hacía buen tiempo iban de paseo al campo. Una vez que salieron para Vermont, un viernes por la tarde, siguieron conduciendo hasta Quebec, y se alojaron en el Château Frontenac como si se tratara de un motel; el domingo por la noche, en el largo viaje de regreso, tomaron champán francés en tazas de plástico.

Algunas veces iban al teatro, y a beber a pequeños lugares de los que antes sólo había oído hablar, pero por lo general se quedaban en el apartamento, como personas tranquilas que llevaban años casadas. A menudo ella le decía —aunque hubiera sido más inteligente no decírselo— que nunca se había divertido tanto con nadie.

Lo malo era que él seguía enamorado de su mujer.

—¡Eso! —le dijo una vez, cuando ni siquiera había notado que la estaba mirando—. Lo que acabas de hacer, el modo en que te has recogido el pelo con la mano y te has inclinado sobre la mesita para levantar ese vaso... igual que Linda.

—No veo cómo puedo recordarte a ella —dijo Emily—. Después de todo, es una chica joven, y yo tengo casi cuarenta años.

—Lo sé; y ni siquiera te pareces, sólo que ella también tiene senos pequeños y el mismo tipo de piernas, pero a veces, algún gesto... es rarísimo.

En otra ocasión, cuando llegó enfadado y bebió mucho vino con la comida, se quedó sentado con un vaso de bourbon con agua durante un rato largo, hasta que empezó a hablar de una manera que parecía que nunca iba a terminar.

—... no, pero tienes que entender lo de Linda —dijo—. No era sólo que fuera mi esposa; era todo lo que siempre quise en una mujer. Era... ¿cómo explicarlo?

—No tienes por qué explicarlo.

—Sí, debo hacerlo. Tengo que entenderlo bien, o nunca me la sacaré de la mente. Deja que te cuente cómo la conocí. Trata de entenderlo, Emily. Yo tenía cuarenta y dos años pero me sentía más viejo. Había estado casado, y estaba divorciado, había tenido muchas mujeres; supongo que parecía que había agotado todas las posibilidades. Estaba en East Hampton por un par de semanas y alguien me invitó a una fiesta. La piscina iluminada, farolitos chinos entre los árboles, discos de Sinatra en la casa, ese tipo de cosas. Había de todo: actores que hacían anuncios en televisión, un par de ilustradores de libros infantiles, un par de escritores, unos tipos de negocios que trataron de adquirir un aire artístico luciendo bermudas color borgoña. Y qué te parece, Emily, me volví y vi a esta criatura acostada en una *chaise longue* blanca. Nunca había visto piel igual, ni ojos, ni labios así. Llevaba puesto...

—¿Me vas a describir lo que llevaba *puesto*?

—Llevaba un vestido negro, corto y sencillo. Yo bebí un sorbo para darme coraje, me acerqué y le dije: «¡Hola! ¿Eres la esposa de alguien?». Y ella levantó la vista y me miró... Supongo que era demasiado tímida o reservada para sonreír y ella...

—Oh, Howard, esto es absurdo —dijo Emily—. No haces más que excitarte. Eres una persona terriblemente romántica.

—Está bien, seré tan breve como pueda. No quiero aburrirte.

—No me estás «aburriendo», es sólo que...

—Está bien. La siguiente noche estaba en mi cama, y luego todas las noches; cuando volvimos a la ciudad trajo todas sus cosas a mi apartamento. Todavía estaba en la universidad, fue a Barnard igual que tú, y todos los días, cuando terminaban las clases iba rápidamente a casa para estar allí cuando yo llegara. No te imaginas qué dulce me parecía eso. Yo iba a casa preparándome, pensando «No, no puede ser verdad, no va a estar allí», pero siempre estaba. Siempre recuerdo ese tiempo, ese año y medio, como la época más feliz de toda mi vida.

Se puso de pie, con el vaso en la mano, y empezó a caminar por la habitación. Emily no se animó a interrumpirlo.

—Luego nos casamos, y eso debe de haber apaciguado las cosas, para ella, porque para mí todo seguía igual. Yo seguía tan «feliz» como siempre, aunque no me gusta la palabra «feliz». Orgulloso, también, inmensamente orgulloso. La llevara a donde la llevara, la gente me felicitaba, y yo solía decir: «No creo todavía que sea mía». Luego, claro, después de un tiempo, empecé a darme cuenta de que era cierto, y empecé a considerarla como algo mío, que es lo que no se debe hacer con nadie. Los primeros años solía decirme que nunca se aburría conmigo, lo que me parecía un cumplido, pero no recuerdo que dijera lo mismo después. Probablemente empecé a hastiarla con mi vanidad y mis poses y... qué sé yo. Mi autocompasión. Creo que fue entonces cuando empezó a ponerse inquieta. Maldita sea. Emily, ¿cómo puedo hacerte entender lo bonita que era? No puedo describirlo. Tierna, amorosa, pero al mismo tiempo dura. No quiero decir «dura» en un sentido peyorativo, sino que era elástica, valiente, con una manera nada sentimental de mirar la vida. ¡Inteligente! Dios, a veces asustaba la forma en que siempre iba al corazón de algo difícil y evasivo, con penetración intuitiva. Era graciosa, también; no es que contara chistes que lo paralizaran a uno de la risa, pero podía reconocer lo que tenía de absurdo cualquier cosa presuntuosa. Era una compañía maravillosa. ¿Por qué digo «era» todo el tiempo? No está muerta. Fue una gran compañía para mí y será una gran compañía para algún otro hombre... o para otros hombres. Supongo que conocerá a muchos antes de volverse a casar.

Se hundió pesadamente en el sillón, cerrando los ojos, y se empezó a masajear el puente de la nariz con el pulgar y el índice.

—Y algunas veces, cuando pienso en ella en ese aspecto —dijo con una voz sin expresión, casi muerta—, cuando me la imagino con algún otro hombre, abriendo las... abriendo las piernas para él y...

—Howard, no voy a permitir que sigas —dijo Emily, poniéndose de pie para acentuar las palabras—. Es pura sensiblería. Estás actuando como un muchachito enfermo de amor, y no te pega. Además, no es muy... —no estaba segura de cómo terminar la frase, pero dijo—: No es muy considerado conmigo por tu parte.

Eso le hizo abrir los ojos, pero volvió a cerrarlos.

—Creía que tú y yo éramos amigos —dijo—. Yo creía que uno podía hablar libremente con una amiga.

—¿No se te ha ocurrido que yo podría estar celosa?

—Mmm —dijo—. No, en realidad no se me había ocurrido. No lo entiendo. ¿Cómo puedes estar celosa de algo que pertenece al pasado?

—Oh, Howard. Vamos. ¿Cómo te sentirías si yo me pasara las tardes hablando de las maravillosas, maravillosas cualidades de los hombres que he conocido? —pero esa pregunta tenía su propia contestación: podía contarle todo a Howard Dunninger, y a él no le importaría.

En diciembre de ese año, National Carbon lo envió a California por dos semanas.

—Y supongo que allí verás a Linda, ¿no? —le dijo cuando estaba listo para marcharse.

—No sé cómo —dijo él—. Yo voy a estar en Los Ángeles, y ella está en San Francisco. Es un Estado inmenso. Además, yo...

—¿Además qué?

—Además nada. No puedo cerrar esta maldita maleta.

Fueron dos semanas malas. Sólo la llamó dos veces, hacia el final, pero ella sobrevivió, y él volvió.

En febrero, una noche tarde, cuando estaban a punto de acostarse, llamó Sarah.

—¿Emmy? ¿Estás sola?

—Bueno, en realidad no.

—Oh. Ya veo. Esperaba que estuvieras sola.

El ritmo y el timbre de la voz de Sarah le recordaron esa horrible casona de St. Charles, con el moho, el frío, los antepasados mirando desde las paredes, el olor a basura en la cocina.

—¿Qué sucede, Sarah?

—Para citar a John Steinbeck, digamos que es el invierno de nuestro descontento.

—Me parece que ésa no es una frase original de Steinbeck —dijo Emily—. ¿Tony ha estado...?

—Así es. Y he tomado una decisión, Emmy. Aquí no me quedo más. Quiero ir a vivir contigo.

—Bueno, Sarah, lo que sucede es que... temo que no va a ser posible —miró a Howard, vestido con su bata, que escuchaba con interés. Le había contado lo de su hermana—. Sucede que... no estoy viviendo sola.

—Oh. Quieres decir que tienes un... Ya veo. Bueno, eso complica las cosas, pero no importa. De todos modos, me voy. Me quedaré en un hotel barato, o algo así. Escucha: ¿crees que me puedes ayudar a encontrar un empleo? Yo también puedo hacer publicidad. Siempre he podido... sabes... escribir una frase afortunada.

—Se necesita más que eso —dijo Emily—. Se necesitan varios años para conseguir un empleo como el mío. Me parece que sería mejor que buscaras otro tipo de empleo.

—¿De qué clase?

—Bueno, como recepcionista, o algo así —se hizo una pausa—. Mira, Sarah, ¿estás absolutamente segura de que quieres hacerlo? —Emily tomó el teléfono con las dos manos y se mordió el labio, tratando de imaginar los motivos de la decisión de su hermana. No hacía mucho, la había instado a que se fuera; ahora, la instaba a que se quedara.

—Oh, no sé, Emmy —dijo Sarah—. Supongo que no estoy absolutamente segura de nada. Todo es... tan confuso.

—Tony, ¿está allí? —preguntó Emily—. ¿Puedo hablar con él? —cuando llegó Tony con un gruñido de borracho volvió a sentir el placer de aquella noche en el hotel—. Escucha, Wilson —empezó—. No quiero que molestes a mi hermana, ¿está claro? —a medida que subía la voz se daba cuenta de que todo lo que hacía era en beneficio de Howard. Eso probaría que no era tierna y amorosa: podía ser dura, elástica, valiente, con una manera nada sentimental de enfrentar la vida—... no quiero que toques a mi hermana con esas inmundas manos de mierda —dijo—, y si fuera hombre iría allí esta misma noche para hacer que desearas no haberlas tenido nunca. ¿Entiendes? Quiero volver a hablar con Sarah.

Se oyeron ruidos apagados, como si tuvieran que arrastrar los muebles antes de que Sarah pudiera volver al teléfono. Cuando lo hizo, estaba claro que había cambiado de opinión.

—Lamento molestarte de esta manera, Emmy —le dijo—. No debí haberte llamado. Todo va a salir bien.

—No. Escucha —dijo Emily, sintiéndose aliviada—. Llámame en cualquier momento. Prométeme que me llamarás cuando me necesites. Yo consultaré a diario las columnas de «Ofertas de empleo» del *Times*. Sólo que no me parece prudente que vengas ahora.

—A mí tampoco. Está bien, Emmy. Gracias.

Cuando colgó el teléfono, Howard le dio una copa y dijo:

—Es terrible. Debes de haber pasado un momento muy difícil.

—Lo que pasa es que yo no puedo hacer nada, Howard —dijo. Quería que la abrazara, para poder llorar contra su hombro, pero él no hizo ningún ademán.

—Bueno —dijo él—, en realidad, podrías dejarle este apartamento durante un tiempo; nosotros podríamos vivir en el mío.

—Lo sé; eso se me ocurrió, pero lo del piso no es más que el principio. No tienes ni idea de lo desvalida que es: una cómica mujercita de mediana edad, con una ropa espantosa, mala dentadura, y no sabe hacer nada, ni siquiera escribir a máquina, excepto con dos dedos.

—Oh, bueno, pero supongo que sabrá hacer algo. Yo podría ayudarla a conseguir algo en National Carbon.

—Y no nos la quitaríamos de encima —dijo Emily con más amargura de la que se proponía—. No estaríamos solos ni un minuto si ella estuviera aquí. Yo no la quiero aquí, Howard. Sonará horrible, pero no quiero que se meta en mi vida. Si no lo entiendes es porque es demasiado... demasiado complicado de explicar.

—Está bien —dijo él, sonriendo y frunciendo el ceño a la vez—. Está bien. Tranquilízate.

Pasaron varias semanas antes de la llamada siguiente, a la misma hora de la noche, pero esta vez era Tony el que llamaba. Sonaba borracho, y ella apenas si lo oía porque se sentían otras voces borrosas de hombre, aunque después se dio cuenta de que era la televisión, demasiado fuerte.

—... Tu hermana está en el hospital —decía la voz de Tony, tratando de adoptar un tono neutral, igual que la de un áspero policía que comunica una mala noticia al pariente más cercano.

—¿En el hospital? ¿Qué hospital?

—El Central —dijo la voz, y luego agregó—: El lugar que le corresponde —el silencio sólo lo llenaba el tronar amordazado de las voces de la televisión.

—Dios mío, Howard —dijo Emily, al colgar el teléfono—. Está en el hospital Central.

—¿Cuál es?

—El del Estado. Donde está mi madre. El manicomio.

—Bueno, Emily, escucha —dijo Howard suavemente—. Su marido no puede haberla *metido* allí. Si la han encerrado es porque algún médico la ha enviado para que la traten. No estamos en el siglo diecinueve; nadie dice «manicomio» en estos días. Es un hospital psiquiátrico moderno...

—No sabes cómo es, Howard. Yo sí. He ido allí a ver a mi madre. Tiene veinte o tal vez treinta edificios enormes de ladrillo; cuando una está allí no alcanza a abarcar lo grande que es debido a los árboles. Una recorre los senderos pensando que no es tan malo, y luego se llega a dos edificios más, luego árboles, dos edificios más, y luego dos más. Y tienen rejas en las ventanas, y a veces se escucha gritar a alguien.

—No lo transformes en un melodrama, Emily —dijo Howard—. Lo primero que debes hacer es llamar al hospital y preguntar por qué está internada.

—Son las once de la noche. Además, nunca me lo dirían. No soy más que una voz desconocida en el teléfono. Deben tener reglas al respecto. Habrá que ser médico para...

—O abogado, tal vez —dijo él—. Hay veces que ser abogado es conveniente. Mañana voy a averiguar cuál es el diagnóstico, y te lo diré por la noche. Vamos a la cama y deja de actuar.

La noche siguiente le dijo:

—Alcoholismo agudo —luego agregó—: Bueno, Emily, no es tan malo. Todo lo que tiene que hacer es desintoxicarse y la dejarán ir. No es como si fuera esquizofrenia paranoica o algo así.

Eso fue el lunes. Sólo el sábado Emily pudo tomar el autobús hasta el hospital con dos cajas de cigarrillos (una para su hermana y la otra para su madre); en la estación le dijo que sí a uno de los taxistas de aspecto andrajoso que vociferaban alrededor de ella (al parecer hacían buenas ganancias llevando y trayendo a los visitantes al hospital por un dólar) y pronto llegó al laberinto de árboles y edificios.

El edificio donde estaba Sarah era uno de los más viejos —parecía de principios de siglo— y Emily la encontró sentada en un porche cerrado, conversando entretenidamente con otra mujer de su edad. Ambas llevaban guardapolvos estampados y zapatillas de algodón. Sarah llevaba alrededor de la cabeza algo blanco, que al principio parecía un turbante de los que se usaban en la década de los cuarenta pero que resultó ser una venda.

—¡Emmy! —exclamó—, Mary Ann, quiero que conozcas a mi brillante hermana, de la que te estaba hablando. Emmy, ésta es mi mejor amiga, Mary Ann Polchek.

Y Emily le sonrió a un rostro apagado y atemorizado.

—Sentémonos allí para poder hablar —dijo Sarah, moviéndose lentamente mientras la conducía a un par de sillas desocupadas que estaban a la sombra—. Qué buena has sido al venir hasta aquí. Oh, y también me has traído cigarrillos. Qué monada.

—¿Quieres decir que esa señora es tu mejor amiga de tu casa —le preguntó Emily cuando se sentaron—, o de aquí?

—De aquí. Es maravillosa. No tenías por qué venir hasta aquí, querida. Saldré en un par de semanas.

—¿Sí?

—Bueno, tres semanas a lo sumo, me ha dicho el médico. Sólo necesitaba descansar un poco. En realidad, todo lo que me importa es salir antes del día uno, que es cuando Tony Junior vuelve a casa. ¿Te conté que le dieron de baja? —Tony Junior se había lesionado la cadera en un accidente de jeep, y eso evitó que fuera a Vietnam; la otra noticia era que se había casado con una chica de California—. Ardo en deseos de verlo —dijo Sarah—. Se va a quedar a vivir con la familia en St. Charles.

—¿Con la familia?

—Bueno, la chica con quien se casó tiene dos hijos.

—Oh. Y ¿qué va a hacer?

—Supongo que volverá a trabajar en el garaje. Lo quieren mucho.

—Ya veo. Escucha, Sarah, cuéntame cómo estás.

—Me siento bien —la sonrisa de Sarah parecía decidida a demostrar que todo andaba en orden, y Emily vio que tenía los dientes blancos: se los habían arreglado y limpiado.

Tenía una pregunta importante que hacerle, a pesar de la sonrisa, y Emily la hizo.

—¿Cómo te heriste la cabeza?

—Oh, fue una estupidez —dijo Sarah—. Fue por culpa mía. Una noche me levanté porque no podía dormir y bajé a buscar un vaso de leche, me resbalé y caí escaleras abajo. ¿No es una estupidez?

Emily sintió que hacía una especie de sonrisa para demostrar que estaba de acuerdo en que había sido una estupidez.

—¿Te lastimaste mucho?

—No, no, no fue nada —dijo Sarah, indicando el vendaje—. No es nada.

No era nada; probablemente tuvieron que afeitarle la cabeza antes de vendarla —las vendas estaban muy ajustadas— y Emily casi se lo pregunta, pero lo pensó mejor.

—Bueno —dijo, en cambio—. Qué bien verte así.

Se quedaron sentadas fumando un rato, sonriendo cuando se miraban de frente, para demostrar que todo estaba bien. Sarah no sabía que Emily sabía el pronóstico de «alcoholismo agudo»; Emily pensaba en si habría alguna manera de traerlo a colación, con tacto, pero vio que no era posible. Se dio cuenta de que de ahora en adelante Sarah se guardaría los problemas. Ya no habría confidencias ni llamadas de teléfono ni peticiones de ayuda.

—¿Crees que... todo irá bien en tu casa cuando vuelvas? —le preguntó Emily.

—¿En qué sentido?

—¿Crees que aún querrás venir a Nueva York?

—¡Oh, no! —Sarah parecía molesta—. Eso fue una tontería. Perdóname por haberte llamado esa noche.

Estaba... sabes, cansada y trastornada. Esas cosas pasan. Necesitaba un buen descanso, eso era todo.

—Porque he estado mirando los anuncios de «Ofertas de empleo» —dijo Emily— y tengo un amigo que dice que te puede ayudar a conseguir uno en National Carbon. Y te puedes quedar en casa un tiempo, hasta que arregles tus cosas.

Sarah meneaba la cabeza.

—No, Emmy. Todo eso es pasado. Olvidémoslo, ¿de acuerdo?

—Está bien. Sólo que yo... Está bien.

—¿Vas a visitar a Pookie ya que estás aquí?

—Sí, lo tenía pensado. ¿Sabes cómo llegar a su edificio? —Emily se dio cuenta enseguida de que había hecho una pregunta tonta. ¿Cómo iba a saber Sarah la ubicación de otro edificio cuando ella estaba encerrada en ése?—. No importa —dijo rápidamente—. Ya lo encontraré.

—Bueno —dijo Sarah, poniéndose lentamente de pie—. Es mejor que te vayas, entonces. Muchas gracias por venir, querida; fue maravilloso verte. Dale recuerdos a Pookie.

Cuando estuvo nuevamente bajo los árboles, Emily caminó un trecho antes de darse cuenta de que no recordaba si el hombre de la puerta le había dicho tres edificios en una dirección y cuatro en la otra, o viceversa, y no vio a nadie a quien preguntarle. En una intersección había un cartel que indicaba E-4 a E-9, que no le sirvió de ayuda, y otro cartel abajo decía MORGUE. A lo lejos, contra el cielo gris, se elevaban dos columnas de humo gemelas. Probablemente no sería más que la central energética, y lo sabía, pero igualmente se preguntó si no sería el crematorio.

—Perdón, señor —le dijo a un viejo sentado en un banco—. ¿Podría decirme cómo...?

—No se meta conmigo, mujer —dijo él, y colocando un pulgar para cerrarse un lado de la nariz, sopló para afuera y echó un largo hilo de moco por el otro—. No se meta conmigo.

Siguió caminando, tratando de no pensar en el viejo, hasta que un taxi aminoró la marcha junto a ella y el conductor, sacando la cabeza por la ventanilla, dijo:

—¿Taxi?

—Sí —dijo—. Gracias.

Y en realidad no importaba, se dijo mientras el taxi corría hacia la estación. La vieja Pookie se habría quedado sentada, impávida, con una mirada de silenciosa petulancia; habría extendido la mano para recibir los cigarrillos pero no habría sonreído, ni hablado, ni dado ninguna señal de reconocerla.

De regreso en la ciudad esperó más de tres semanas antes de llamar a St. Charles para preguntar si Sarah había vuelto. Lo hizo desde la oficina, una mañana, tarde, para asegurarse de que Tony no estuviera.

—... Oh, hola, Emmy... Oh, claro que sí, hace días... ¿Cómo está quién?

—He dicho que cómo está todo.

—Todo está muy bien. Tony Junior llegó, con su esposa y los chicos, así que la casa parece un manicomio. Ella es muy buena, y está embarazada. Se van a quedar un tiempo, y los estamos ayudando a buscar una casa para ellos.

—Ya veo. Bueno, llama de vez en cuando, Sarah. Hazme saber si hay algo que yo pueda... ya sabes... hacer.

Sarah se mantuvo en contacto, aunque no por teléfono. Un tiempo después le envió una carta. La letra del sobre era la misma, vivaz, como la de una joven debutante, pero la carta estaba escrita a máquina, con muchas correcciones hechas con bolígrafo.

Querida Emmy:
Te escribo en lugar de llamarte por teléfono porque quiero estrenar la máquina de escribir que me regaló Peter para mi cumpleaños. Es una portátil Underwood, de segun-

da mano, y tiene unos defectillos aquí y allí, pero escribe. Necesita una buena limpieza y un reajuste, pero pronto quedará a las mil maravillas.

¡Tuvieron un varón! De tres kilos y ochocientos gramos. Y es igual a su abuelo, mi esposo. (Esto le pone furioso, porque le hace sentir como un abuelo, y la idea no le gusta mucho.) Acabo de terminar de hacerles una cunita. ¡Nunca más! Utilicé una canasta grande de ropa, espuma de goma, una tela plástica, acolchada, sábanas, tachuelas y metros y metros de cinta azul. La terminé a la semana. Triunfante aunque agotada, la llevé a casa de Tony Junior, pero no había nadie. Esa cosa estuvo dos días en el coche antes de poder llegar a destino.

Esta semana estoy hasta las orejas de moras. Tenemos medio acre lleno de moras enormes que claman por ser recogidas. Hasta este momento he recogido, limpiado, puesto en almíbar y congelado diecisiete litros y he hecho veinte frascos de dulce, pero aun así no he hecho bastante. Personalmente aborrezco las moras. Lo hago pensando en el hombre al que le preguntaron por qué quería escalar el Everest y contestó «Porque está allí».

No he ido a ver a Pookie por dos buenas razones. Primero, no puedo conducir más que por el pueblo, por lo menos hasta que adquiera más confianza y me crezca un poco más el pelo. Y segundo, porque casi nunca tengo el coche. Tony se lleva el Thunderbird a la fábrica, Eric su Thunderbird al negocio de venta de motocicletas donde trabaja, y Peter usa mi Estanciera para ir al empleo que tiene en Setauket durante el verano.

Debo despedirme ya para volver a las moras. Cuídate mucho.

Besos.
Sarah

—¿Qué te parece? —le preguntó a Howard después de que él leyera la carta.

178

—¿Qué quieres decir? Es una carta alegre, nada más.

—Eso es exactamente lo que pasa, Howard, es demasiado alegre. Excepto por esa referencia al pelo que le está creciendo se pensaría que es el ama de casa más feliz y contenta del mundo.

—A lo mejor es así como quiere sentirse.

—Bueno, pero sucede que la conozco mejor y ella lo sabe.

—Oh, vamos —dijo Howard, levantándose de la silla y empezando a moverse con impaciencia por la habitación—. ¿Qué *quieres* de ella? ¿Quieres que se confiese contigo cada cinco minutos? ¿Que te cuente las veces que él le ha pegado este mes? Cuando hace eso, dices que no quieres que se meta en tu vida. Eres extraña, Emily.

Esa noche, muy tarde, cuando estaban acostados después de hacer el amor, ella le tocó el brazo con vacilación y le dijo:

—¿Howard?

—¿Mmm?

—Si te pregunto una cosa, ¿prometes que me dirás la verdad?

—Mmm.

—¿Piensas en realidad que soy extraña?

En el verano de 1967 pasaron las vacaciones en la vieja casa de Howard en East Hampton, en la que él no había estado desde el último año de matrimonio. A ella le gustó la claridad y la amplitud y el olor a arena y pasto de la casa —después de la ciudad era como respirar oxígeno puro— y también las maderas oreadas a la intemperie, que brillaban como plata en el sol. Continuamente se le ocurría la palabra «delicioso» («Pasamos unos días deliciosos», diría de regreso en Nueva York a quien le preguntara). Le gustaba la marejada, y la forma en que Howard se metía y saltaba las olas; le gustaba cómo su sexo se encogía todo y se ponía de un color azul violáceo por el agua y el viento, y cómo sólo sus caricias podían devolverlo a su tamaño.

—¿Howard? —dijo la última mañana, un domingo—. Estaba pensando en llamar a mi hermana. Tal vez podríamos desviarnos un poco y visitarla de regreso.

—Claro que sí —dijo él—. Buena idea.

—¿Estás seguro de que no te importa? Tenemos que desviarnos mucho, y a lo mejor nos encontramos con una escena horrible.

—Por Dios, Emily, por supuesto que no me importa. Siempre quise conocer a tu hermana.

Y llamó. Contestó un hombre, pero no era Tony.

—Ahora está descansando —dijo—. ¿Quiere dejarle algún recado?

—Bueno, no... ¿Quién eres? ¿Tony Junior?

—No, Peter.

—Oh, *Peter*. Bueno, sólo que... Soy Emily. Emily Grimes.

—¡Tía Emily! —dijo él—. Me pareció que era tu voz...

Quedaron en que ellos llegarían entre las dos y las tres de la tarde.

—Es mejor que te prepares, Howard —dijo cuando por fin entraron en St. Charles—. Te van a parecer horribles.

—No seas tonta —repuso él.

Tenía esperanzas de que Peter les abriera la puerta, así se abrazarían y los hombres se darían la mano cortésmente («¿Cómo está, señor?») antes de entrar riendo en el salón, pero fue Tony quien acudió. Abrió la puerta unas pulgadas y se quedó inmóvil, como si estuviera listo para cerrarla de un portazo y proteger la santidad de su hogar. Cuando vio quién era, parpadeó y dio un paso hacia atrás, abriendo la puerta del todo, y Emily se preguntó cómo saludarlo, después de llamarlo hijo de puta y amenazar con matarlo.

—Hola, Tony —le dijo—. Te presento a Howard Dunninger, Tony Wilson.

Movió la boca como para musitar que estaba encantado de conocer a Howard, y los condujo a través del vestíbulo.

Sarah estaba sentada, enroscada, en el sofá, a la manera de Edna Wilson, sonriendo vagamente. Emily contempló la sonrisa un segundo antes de darse cuenta de lo que pasaba: a Sarah se le había hundido la parte inferior de la cara.

—Oh, Emmy —gimió, tratando, sin lograrlo, de cubrirse la boca con la mano—. Me olvidé de ponerme los dientes.

—Está bien —dijo Emily—, no te muevas —pero estaba claro que Sarah llevaba sentada quieta todo el día; aunque hubiera querido, tal vez no habría podido levantarse.

—Ven a sentarte a mi lado, Emmy —dijo cuando terminaron las presentaciones—. Es maravilloso verte —y la tomó de las dos manos con un apretón que la sorprendió. Emily se sintió molesta, así sentada, de costado, con las manos extendidas sobre el regazo de su hermana, que se las apretujaba y las acariciaba; lo único que podía hacer para remediarlo era acercarse más, hasta que los muslos de ambas se tocaron, y entonces entró en una zona dominada por un fuerte aliento a alcohol.

—... mi hermanita —decía Sarah mientras Emily hacía lo posible por no mirar las encías oscuras y sonrientes—. ¿Os dais cuenta todos vosotros de que ésta es mi hermanita pequeña?

Tony estaba sentado, impasible; en una silla frente al sofá; llevaba pantalones de algodón, todos manchados de pintura, y tenía el aspecto de un obrero cansado. A su lado, Howard Dunninger sonreía nervioso. El único miembro de la familia seguro de sí era Peter, que se había convertido en un joven buen mozo. También llevaba ropas de trabajo —había estado pintando la casa con su padre antes de que llegaran las visitas— y a Emily le gustó su apariencia. No era alto y no resultaba demasiado bien parecido, pero se movía con gracia y había algo humorístico y sabio en su expresión.

—¿Has terminado el seminario, Peter? —le preguntó.

—Me falta un año —dijo—. Empiezo la semana que viene.

—¿Cómo has pasado el verano?

—Oh, muy bien, gracias. Estuve en África un tiempo.

—¿En África? ¿De verdad?

Fue el centro de atención durante unos minutos, salvando a todos, misericordiosamente, de tener que hacer un esfuerzo por conversar, mientras describía África como a un gigante dormido «que empieza a desperezarse». Al decir eso extendió los brazos, con los puños cerrados, imitando la acción de desperezarse, y a Emily se le ocurrió que muchas chicas pensarían que Peter era un sueño.

—¡Oh! Emmy —dijo Sarah—. Mi brillante hermanita. Te quiero tanto.

—Vaya —dijo Emily—, gracias —y se dio cuenta de inmediato, tal vez porque Tony la estaba mirando, de que no debía haber dicho eso—. Quiero decir que yo también.

—¿No es maravillosa? —preguntó Sarah al grupo—. ¿No tengo una hermana maravillosa? ¿Qué te parece, Howie? ¿Te puedo llamar Howie?

—Por supuesto —respondió amablemente Howard—. Yo creo que es maravillosa.

Hacía más de un año que le habían afeitado la cabeza a Sarah, pero aún tenía el pelo desprolijo, como recién cortado, y sin brillo. El resto de su cuerpo, debajo de la cara medio hundida, estaba abotagado y flácido: parecía mucho mayor de lo que era. Pronto los demás empezaron a conversar entre sí, dejando a las hermanas solas en el sofá, y Emily aprovechó la oportunidad para decir:

—No sabía que te habían quitado los dientes, Sarah. ¿Cuándo fue?

—Oh, no me acuerdo. Hará dos años —dijo Sarah con el mismo modo turbado y marcadamente desinteresado con que había dicho que la herida en la cabeza no era «nada» esa vez en el hospital Central, y Emily se dio cuenta, demasiado tarde, de que no había actuado con tacto al hacer la pregunta. Para repararla apretó las manos pálidas que apretaban las suyas y dijo:

—Se te ve muy bien.

—¡Peter! —exclamó Sarah de repente, y Emily pensó que estaba a punto de decir «¡Compórtate!» pero en lugar de eso dijo—: Cuenta la historia del sacerdote negro que conociste en África.

—Ahora no, mamá —dijo él.

—Por favor, Peter.

—Mamá, preferiría no hacerlo, ¿no te importa? Y no es una historia, de todos modos.

—Por supuesto que es una historia —insistió ella—. Cuando Peter fue a África conoció a un maravilloso sacerdote negro, y él...

—Mamá, ¿quieres callarte? —dijo él, sonriendo para demostrar que en realidad no estaba enojado con ella, y sólo entonces su madre se calló. Sonriendo aún, él juntó los labios como para tirarle un beso. Luego se volvió hacia Howard y le dijo—: ¿Qué clase de trabajo legal hace usted, señor?

Un poco después se oyó que cerraban de un golpe la puerta de la cocina y entró un joven gordinflón, medio bizco, con una chaqueta de cuero y botas de motociclista, con aspecto amenazador. Pasó un momento antes de que Emily se diera cuenta de que era el tercer hijo de Sarah, Eric. Inclinó la cabeza cortésmente para saludar a Emily y le dio la mano a Howard; luego llamó aparte a su padre y a su hermano y los tres sostuvieron una conferencia en voz baja acerca de un coche, y cuando terminó salió pesadamente de la casa.

Era una soleada tarde de septiembre. Los árboles se mecían en el viento, y sobre el suelo se movían sombras moteadas. A nadie se le ocurría de qué hablar.

—¿Anthony? —dijo Sarah con serenidad, como recordándole a su esposo alguna tarea.

—Mmm —musitó él, y fue a la cocina. Cuando regresó traía lo que pareció un vaso de naranjada, aunque no había nada festivo en la manera en que se lo acercó: era como si el vaso colgara de sus dedos, junto a sus pantalones, y pareció dárselo como a escondidas. Ella tomó los primeros tragos lentamente y con solemnidad; estaba claro que contenía vodka o ginebra.

—¿Alguien quiere... café o algo? —preguntó Tony Wilson a sus visitantes.

—No, gracias —dijo Emily—. En realidad, tenemos que irnos; está lejos.

—Oh, no podéis marcharos —dijo Sarah—. Acabáis de llegar. No voy a dejar que os vayáis —luego, a medida que la bebida le hacía efecto, empezó a animarse—. Peter —dijo—, ¿me haces un favor? ¿Un pequeño favor?

—¿Qué?

Ella hizo una pausa dramática.

—Trae la guitarra.

Él pareció mortificado.

—Oh, no, mamá —dijo, y apoyó la negativa con una mano, como para demostrar que no iba a hacerlo.

—Por favor, Peter.

—No.

Pero Sarah no iba a aceptar su negativa.

—Todo lo que tienes que hacer —le explicó— es ir hasta el coche y traerla, y tocar «¿Dónde se han ido todas las flores?».

Por último, fue Tony quien intervino.

—No quiere, querida —le dijo a su esposa.

Emily se puso de pie, sonriendo, para demostrar que hablaba en serio y que ya se iban.

Sarah, perpleja en el sofá, no se puso de pie para decirles adiós.

No recibió más cartas de Sarah, ni hubo llamadas telefónicas. Para Navidad la tarjeta de los Wilson llevaba la firma apresurada de Tony y no la letra jubilosa de Sarah, y eso preocupó a Emily.

—¿Crees que debo llamarla? —le preguntó a Howard.

—¿Para qué? ¿Sólo por lo de la tarjeta? No, querida. Si hubiera problemas, ella te llamaría.

—Está bien. Supongo que tienes razón.

Y luego, una noche, tarde, en mayo de 1968, tres meses de que Sarah cumpliera cuarenta y siete años, como pensó Emily más tarde, el teléfono la sacó de la cama.

—¿Tía Emily?

—¿Peter?

—No... soy Tony, Tony Junior... para decirte que tu hermana falleció hoy.

Y lo primero que se le ocurrió, aun antes de absorber la noticia, fue que era típico de Tony Junior decir «falleció» en lugar de «murió».

—¿De qué... murió? —preguntó después de un momento.

—Hacía mucho que sufría de una enfermedad del hígado —dijo roncamente—, así que fue de eso, complicado con una caída que tuvo.

—Ya veo —Emily oyó cómo su voz adoptaba la solemnidad susurrante de las personas que reciben noticias de muerte en las películas. Nada parecía real—. ¿Cómo se lo ha tomado tu padre?

—Oh... bastante bien.

—Bueno —dijo ella—, dale... dale recuerdos.

2.

Estaban arreglando el coche de Howard, así que tuvieron que ir al funeral en tren.

—Se hace trasbordo en Jamaica —les dijo el revisor.

Durante el trayecto a St. Charles, Emily miró los barrios suburbanos deslizarse lentamente a través de la sucia ventanilla, ensimismada en los recuerdos de su hermana. Sarah a los veinte años, elegantemente vestida con ropa prestada, quejándose de que no le interesaba el estúpido desfile de Pascua; Sarah a los dieciséis años, con aparato en los dientes, inclinada todas las noches sobre el lavadero para lavar sus jerséis—; Sarah a los doce años, a los nueve.

A los nueve o diez años, Sarah había sido la más imaginativa de las dos. Compraba un libro de muñecas en Woolworth, que costaba diez centavos, recortaba las muñecas y la ropa sin fijarse siquiera en los puntos marcados, y le daba a cada muñeca una personalidad propia. Decidía cuál era la más guapa y la más popular (y si creía que su vestido no era bastante bonito diseñaba uno mejor, con lápices o acuarelas); luego doblaba a todas las demás muñecas por la cintura para sentarlas como público; mantenía erguida a la actriz, la hacía temblar como hacen las cantantes verdaderas, y la hacía cantar «Bienvenida, dulce primavera» o «Fíjate en el lado bueno de las cosas», porque sabía la letra de esas dos canciones.

—¿Estás bien, Emily? —le preguntó Howard, tocándole el hombro.

—Sí —dijo ella—. Estoy bien.

El joven Eric los esperaba en la estación, con gafas de sol como espejos y un traje oscuro, barato, del que sobresalían las grandes muñecas como filetes.

—¿Ha llegado Peter? —le preguntó Emily.

—Todos están aquí —dijo mientras conducía como un experto a través del tráfico.

Iba a ser horrendo. No había más remedio que soportarlo, de alguna manera, tratando de recordar que Howard Dunninger estaba con ella. Iba sola en la parte de atrás del coche, pero si giraba la cabeza levemente podía ver sus pantalones gris Oxford, perfectamente planchados, y eso la consolaba.

—No va a haber un auténtico funeral —dijo Eric—. Vamos a tener un pequeño servicio junto a... la tumba.

Luego se encontró caminando con todos sobre el césped fresco, entre las tumbas, bajo un cielo azul, y Emily pensó que después de todo los Wilson habían sido una familia importante, pues tenían una parcela privada en una de las secciones más populosas de Long Island. La tumba abierta de Sarah se hallaba cubierta con una lona gris. Su cajón cerrado estaba en un aparato que lo iba a hacer descender a la tierra, y parecía muy pequeño; nunca había sido grande, excepto en el recuerdo de la niñez. No muy lejos, en una de las lápidas más nuevas se leía «Edna, amada esposa de Geoffrey», y ésa fue la primera noticia que tuvo Emily de que Edna hubiera muerto; Sarah no le había contado nada. Pensó en preguntarle a Sarah después de la ceremonia, antes de darse cuenta de que ya nunca le podría preguntar nada a Sarah. Muy tímidamente, como una niña que busca el perdón de su padre, tomó a Howard del brazo. Le pareció oír la voz de Sarah que le decía: «Está bien, Emmy. Está bien».

A la izquierda estaba de pie un hombre grande, de apariencia delicada, llorando, o más bien haciendo un esfuerzo por controlarse; parpadeaba con ojos enrojecidos.

Junto a él había una mujer joven, con aspecto de matrona; un muchacho y una niña estaban prendidos de su falda. Era Tony Junior con su mujer, su hijo y sus hijastros. El sacerdote tenía un pequeño devocionario y esperaba que llegaran los otros deudos.

A lo lejos se oyeron las puertas de varios coches y pronto apareció un grupo de hombres que caminaban con rapidez. Tony venía en el medio, conversando animadamente con otro hombre. Parecía estar riéndose y conversando al mismo tiempo, y repetidas veces hacía el mismo gesto que había usado, años atrás, para demostrar a Jack Flanders la velocidad de lanzamiento de los cazas Magnum *(«¡Shoomm!»)*, realizando una especie de saludo con un movimiento cortante de la mano. El hombre que iba junto a él sonrió, asintiendo, y en un momento cerró el puño alrededor de la muñeca de Tony. Por la ropa y el porte —almidonados y sólidos, clase media baja—, Emily supuso que los hombres trabajaban con Tony en Magnum; detrás de ellos venía Peter con otro grupo, jóvenes solemnes de su edad que parecían estudiantes universitarios.

Tony seguía hablando cuando se acercó a donde estaban Emily y Howard.

—Adelante, ¿no? —le preguntó al hombre que estaba a su lado—. Sin mirar hacia atrás —e hizo la especie de saludo con la mano en la sien—, siempre adelante.

—Correcto, Tony —dijo el hombre—. Así es.

—Oh —dijo Tony, parpadeando—. Hola, Emily —tenía las ojeras rojas e hinchadas, como si las hubiera refregado vigorosamente con los puños durante mucho tiempo.

—Hola, Tony.

Luego vio a Howard y se dieron la mano.

—Un placer verlo, señor Howinger. Uno de nuestros hombres fue a su firma el mes pasado; yo le dije que conocía al asesor legal, y «te puede ayudar». A lo mejor va a verlo. Es un buen tipo llamado... no, espere, está en Union Carbide.

—Bueno —dijo Howard—, da lo mismo.

Y Tony volvió a mirar a Emily con sus ojos inflamados. Parecía tratar de decirle algo pero le faltaban las palabras.

—Digo yo —dijo, poniéndose la mano sobre un ojo—. Adelante. Sin mirar hacia atrás ni para el costado... —retiró con fuerza la mano, como haciendo la venia—. Adelante.

—Está bien, Tony —le dijo ella.

Cuando empezó la ceremonia los hombres de Magnum y los estudiantes universitarios se retiraron a una distancia prudencial. Peter, cuyos ojos y boca no expresaban más que inquietud, llevó a su padre a un lado de la tumba y lo sostuvo firmemente de un brazo como para evitar que se cayera. Mientras la voz del sacerdote entonaba las palabras eclesiásticas, Tony abrió la boca y varios hilos de saliva temblaron entre sus labios.

—... tierra a la tierra —decía el cura—, cenizas a las cenizas, polvo al polvo... —y arrojó un puñado de tierra sobre el cajón de Sarah para simbolizar el entierro.

De pronto, todo había terminado, e iban caminando hacia la salida. Peter había devuelto a su padre a los hombres de Magnum; ahora se puso a caminar junto a Emily y Howard y dijo:

—Vais a venir con nosotros a casa un rato, ¿no? Vamos en mi coche.

Parecía controlarse perfectamente, sólo que le temblaron un poco las manos al poner la llave en el contacto y luego al coger el volante.

—Los muchachos más jóvenes son amigos míos del seminario —dijo mientras conducía—. No les pedí que vinieran; ellos se enteraron y vinieron por su cuenta. Siempre sorprende la bondad de la gente.

—Mmm —dijo Emily. Quería decir «¿Cómo murió, Peter? Dime la verdad», pero en cambio volvió la cabeza para observar los brillantes supermercados y las estaciones de servicio—. Peter —dijo al rato—. Tu abuelo, ¿está bien?

—Oh, muy bien, tía Emily. Quería venir, pero no pudo. Hace tiempo que está en un sanatorio.

La casona parecía más desvaída y repulsiva que nunca. Uno de los hijastros de Tony Junior les abrió la puerta, rió nerviosamente, y huyó a esconderse en la mohosa sala. El resto del grupo estaba reunido alrededor de la mesa del comedor, cubierta de sándwiches, botellas de cerveza y gaseosas. Era una reunión ruidosa.

—... Y este tipo —estaba diciendo uno de los hombres de Magnum, pegándole a Tony con el puño en el hombro—, este tipo pesca un pececito miserable, y hace tal alharaca que pensé que iba a volcar el bote.

Tony, con los ojos aún hinchados, se echó a reír espasmódicamente y se llevó una lata de cerveza a los labios.

—¿Te sirvo algo, tía Emily? —le preguntó Peter.

—No, gracias. Bueno, sí, una cerveza, si tenéis suficiente.

—¿Usted, señor?

—Por ahora nada, gracias —dijo Howard—. Estoy bien.

—No, yo nunca me voy a olvidar de esa vez que salimos —estaba diciendo el hombre de Magnum. Animado por el éxito de su primera historia de pesca, se embarcó en una segunda sin notar que se le había ido casi todo el público—. ¿Quiénes estaban conmigo esa vez, Tony? Tú, Fred Slovick... y no me acuerdo de quién más. Bueno, de todos modos...

—¿Alguien más quiere *liverwust*? —preguntó Tony Junior. Estaba preguntando a la gente qué clase de sándwich quería—. ¿Quieres mostaza común, o la caca de nene? —su mujer, que al parecer había llevado al bebé a dormir, estaba tratando de secarle la Coca-Cola que se había derramado en el vestido a una niña malhumorada de cinco años.

—No obstante, dime una cosa —uno de los seminaristas, un muchacho de aspecto agradable, con acento sureño, sonrió con timidez a Tony Junior—. Hay algo que no entiendo. ¿Cómo no pegaste más a tu hermano cuando erais pequeños?

—Lo intenté —dijo Tony Junior, mientras extendía mayonesa sobre una rebanada de pan de centeno—. Lo intenté muchas veces, pero no era fácil. Es pequeño, pero fuerte.

—... Así que le digo «Me dieron cinco dólares» —estaba diciendo el hombre de Magnum, a gritos.

—Por Dios, Marty —dijo Tony, riendo y meneando la cabeza con exasperación—. Vas a seguir contando ese cuento cuando estemos todos muertos.

Peter fue a contestar el teléfono; al volver dijo:

—Es para papá.

Radiante aún por el final del cuento de Marty (según el cual él había pescado más que nadie en el bote ese día), Tony entrecerró los ojos sobre su vaso de whisky y preguntó:

—¿Quién es, Pete?

—Es el sargento Ryan, de la comisaría de policía.

Tony tomó el whisky de un trago haciendo un gesto y dijo:

—Estos policías —se levantó—. Estos malditos policías piensan que maté a mi esposa.

—Vamos, papá —dijo Peter con tono apaciguante y siguió a su padre—. Sabes que no es así. Te he dicho varias veces que no es más que una investigación de rutina.

La conversación de Tony con el sargento Ryan no duró mucho; cuando volvió a unirse al grupo tomó otro trago —ahora había dos botellas de whisky en la mesa— y los gritos y las risas siguieron hasta entrada la tarde.

Sombras azul oscuro habían invadido la casa cuando Emily se levantó para ir al baño. En el vestíbulo tropezó y casi se cayó; al enderezarse vio que había chocado con un mueblecito que estaba lleno de ejemplares del *Daily News,* como de un metro de alto. Al volver pasó junto a la foto de Tony y Sarah en la Pascua de 1941. Estaba torcida, como por un fuerte impacto que había hecho temblar la pared. Con cuidado, con dedos inseguros, se estiró y la enderezó.

Habían encendido las luces contra la invasión del anochecer.

—... No, pero lo que yo quiero saber —estaba diciéndole el hombre de Magnum a Tony Junior—, lo que *yo* quiero saber es qué clase de trabajo pueden hacer para mí.

—De primera, Marty —le aseguró Tony Junior—. Se lo puedes preguntar a cualquiera; somos los mejores mecánicos de esta parte del condado de Suffolk.

—Porque desde mi punto de vista —insistió Marty—, desde *mi* punto de vista eso es... ya sabes... es lo único que hay que tener en cuenta.

—Ma —lloriqueó uno de los chicos—. Eh, ma, ¿podemos ir ya a casa?

—Eh, venid a tomar una copa —les dijo Tony a los seminaristas—. ¿Vosotros no bebéis nunca?

—Gracias, señor —dijo uno de ellos—. Un poquito de bourbon con agua.

—¿Estás bien, Emily? —le preguntó Howard, interrumpiendo una conversación con uno de los hombres de Magnum.

—Muy bien. ¿Quieres una copa?

—Ya tengo una, gracias.

Todo ese tiempo, Eric no se había movido de la puerta de la cocina, donde estaba apoyado, solo, silencioso, de expresión inescrutable detrás de sus gafas como espejos, como un guardaespaldas joven contratado para mantener el orden en la fiesta.

La esposa de Tony Junior llevó a sus hijos a su casa sin despedirse de nadie; al poco tiempo se fueron los seminaristas, y luego todos los hombres de Magnum, excepto Marty.

—... Escucha, Tony —dijo Marty—. Tienes que comer, ¿no? Vamos todos a comer bistecs donde Manny.

Y en varios coches, después de cierta discusión preliminar que la bebida tornó confusa acerca de quién iría con quién, los invitados marcharon a toda velocidad por la carretera hasta un restaurante estilo californiano, inundado de luz, llamado Manny Feldon's.

Dentro estaba tan oscuro que apenas si podían ver del otro lado de la mesa. Tomaron cócteles servidos en vasos pesados. Peter estaba sobrio: se sentó junto a su padre, como si esta ceremonia, igual que la del cementerio, también requiriera su ayuda. Marty y Tony Junior volvieron a hablar de negocios, absortos en su conversación, aunque ahora había adquirido un giro filosófico. Marty estaba diciendo que nada podía reemplazar a la honestidad en el trabajo manual, mientras Tony Junior asentía lentamente para demostrar que estaba en todo de acuerdo.

—Quiero decir en *todos* los campos, ya sea mecánica, carpintería, zapatería, cualquier cosa. ¿Tengo razón?

Emily se había aferrado al borde de la mesa firmemente con ambas manos porque al parecer era la única superficie que no se movía: todo lo demás cambiaba y giraba. Junto a ella, contra el tapizado de la pared —tampoco firme— Howard se servía suficiente alcohol como para asegurar que ésta sería la tercera o cuarta noche, desde que ella lo conocía, que se iría borracho a la cama.

Eric no estaba sentado cerca de nadie, y fue el único que comió con ganas cuando llegó la carne. Comía con el apasionamiento rítmico de un muerto de hambre, echado sobre el plato, como para asegurarse de que no se lo quitarían.

—... No, pero cuanto más viejo me hago —decía Marty—, cuanto más viejo me hago más pienso. Uno ve a esos chicos de hoy que andan por ahí con el pelo largo y los vaqueros mugrientos y todas esas ideas locas, ¿qué saben?

Por fin Howard demostró que estaba lo suficientemente sobrio para poder sacar el horario del bolsillo. Lo estudió al resplandor de su encendedor y dijo que tenían quince minutos para coger el último tren.

—No te pierdas, tía Emmy —dijo Peter, de pie para despedirlos, y le estrechó la mano a Howard—. Gracias por venir, señor.

Tony logró levantarse, meciéndose. Musitó algo inaudible a Howard, se limpió la boca y se quedó indeciso, sin saber si besar a Emily en la mejilla. Pero sostuvo su mano por un momento, sin mirarla a los ojos; luego la soltó, se llevó la mano a la sien e hizo la venia.

—Adelante —dijo.

Pasó mucho tiempo antes de que Emily se diera completa cuenta de que Sarah había muerto. Algunas veces, al despertarse de un sueño de la niñez lleno del rostro de Sarah y la voz de Sarah, iba al espejo del baño y se estudiaba la cara hasta asegurarse de que era la cara de la hermana de Sarah y que no parecía avejentada.

—¿Howard? —dijo una vez que estaban acostados, esperando dormirse—. ¿Sabes una cosa? Ojalá hubieras conocido a Sarah en los viejos tiempos, antes de que todo se derrumbara. Era encantadora.

—Mmm —dijo él.

—Encantadora, alegre y llena de vida y aunque te parezca tonto, creo que si la hubieras conocido a ella me habrías conocido mejor a mí.

—Oh, no sé. Me parece que te conozco bastante bien.

—No es así —dijo ella.

—¿Mmm?

—No me conoces. Apenas si hablamos.

—¿Estás bromeando? Hablamos sin parar, Emily.

—Nunca quieres que te cuente nada de mi niñez.

—Por supuesto que quiero. Sé todo con respecto a tu niñez. Además, todos tenemos más o menos la misma niñez.

—¿Cómo puedes decir eso? Únicamente la persona más obtusa e insensible del mundo podría decir una cosa así.

—Está bien, está bien —dijo él, con voz soñolienta—. Cuéntame una historia de tu niñez. Y que sea desgarradora.

—¡Uf! —se alejó de él—. Eres imposible. Eres un hombre de Neanderthal.

—Mmm.

Otra vez, cuando volvían de un paseo por el campo, al anochecer, ella dijo:

—¿Cómo puedes estar tan seguro de que fue cirrosis, Howard?

—No estoy seguro; dije que era muy probable, teniendo en cuenta la manera en que bebía.

—Pero luego está eso de «la caída que tuvo en casa», bastante sospechoso. Y la policía que llamó, y Tony que dijo que la policía creía que había matado a su mujer. Te apuesto a que fue así, Howard. Te apuesto a que él le pegó, estando borracho, con una silla o algo así.

—No lo arrestaron, ¿no? Si hubieran tenido pruebas lo habrían arrestado.

—Bueno, pero él y los muchachos pueden haber *escondido* las pruebas.

—Querida, hemos discutido esto cien veces. Es una de esas cosas que nunca sabremos. La vida está llena de cosas así.

Pasaron junto a tres o cuatro graneros, y edificios de apartamentos, y luego empezó el Bronx. Nada más llegar al puente Henry Hudson, ella le dijo:

—Tienes razón.

—¿Razón sobre qué?

—La vida está llena de cosas así.

Había cosas acerca de Howard de las que nunca iba a enterarse, por más que lo amara. A veces le parecía que ni siquiera lo conocía.

Las cosas no iban muy bien en el trabajo. Hannah Baldwin ya no la invitaba más a almorzar —salía con las mujeres más jóvenes del departamento de Emily—, ya no le decía «querida» ni llegaba de su despacho para sentarse con sus nalgas gordas y bien vestidas sobre el borde del escritorio de Emily para pasar horas conversando de cosas sin importancia en la mitad de un día de trabajo. Había comenzado a mirarla de una manera que Emily describió a Howard como «rara», una manera reflexiva, y no muy amistosa, y había empezado a criticar su trabajo.

—A este diseño le falta vida —dijo una vez acerca de un trabajo en el que Emily había pasado días—. ¿No puedes avivarlo de alguna forma?

Cuando se imprimió el nombre de un importador sueco sin la diéresis sobre la vocal correspondiente, Hannah dio a entender que había sido por culpa de Emily. Y cuando Emily dejó pasar un anuncio de National Carbon sin fijarse en que después de «tynol» aparecía la leyenda «patente en trámite», Hannah se comportó como en presencia de una calamidad.

—¿No te das cuenta de lo que significa desde el punto de vista legal? —preguntó.

—Hannah, todo va a ir bien —dijo Emily—. Conozco al asesor legal de National Carbon.

Hannah parpadeó, poniéndose bizca.

—¿Lo conoces? ¿Qué quieres decir con eso?

Emily sintió que se ruborizaba.

—Quiero decir que somos amigos.

Se hizo una pausa.

—Bueno —dijo Hannah por fin—. Es muy bonito tener amigos, pero eso no tiene nada que ver con los negocios.

Esa noche se lo contó a Howard, durante la cena, y él dijo:

—Debe de estar con la menopausia. No hay nada que hacer, en ese caso —cortó un trozo de carne y masticó lentamente antes de tragar. Luego dijo—: ¿Por qué no dejas el maldito empleo, Emily? No tienes que trabajar. No nos hace falta el dinero.

—No, no —dijo ella rápidamente—. Las cosas no están tan mal, y no quiero hacer algo así —pero más tarde, de pie ante el fregadero, lista para lavar los platos mientras él preparaba un trago, sintió un deseo enorme de llorar. Tenía ganas de ir hacia él y llorar apoyada contra su camisa. Había dicho: «No necesitamos el dinero», como si estuvieran casados.

Una noche, un año después de la muerte de Sarah, una voz cansada de mujer que dijo llamar del hospital Central le informó:

—Lamento comunicarle la muerte de Esther Grimes.

—Oh —dijo Emily—. ¿Puede decirme cuál es el procedimiento a seguir?

—¿El procedimiento?

—Me refiero... a los arreglos funerarios.

—Eso depende completamente de usted, señorita Grimes.

—Ya sé que depende de mí. Sólo quiero saber...

—Si desea un funeral privado, podemos recomendarle varias pompas fúnebres de esta zona.

—Recomiéndeme una, ¿quiere?

—Tengo instrucciones de recomendar varias.

—Oh, bueno, está bien. Espere... voy a buscar un lápiz —cuando pasó junto a la silla donde estaba sentado Howard le dijo—: Murió mamá. ¿Qué te parece?

Cuando terminó de hablar por teléfono Howard le dijo:

—¿Emily? ¿Quieres que vaya contigo mañana?

—Oh, no —le dijo—. Va a ser una ceremonia horrible en la sala de... ¿cómo se llama?, velatorios. Yo puedo arreglarme sola.

Los tres nietos de Pookie aguardaban bajo los árboles del parque del hospital Central cuando el taxi de Emily se detuvo frente a la sala de velatorios la tarde siguiente. Eran los únicos presentes. Peter se alejó de sus hermanos para ir a su encuentro, sonriendo.

—Me alegro de verte, tía Emmy —le dijo. Llevaba un cuello clerical; se había ordenado—. Por lo general envían a un sacerdote del hospital para el servicio, pero les pedí que me permitieran hacerlo a mí.

—Bueno... eso es magnífico, Peter —dijo ella.

La oscura capilla olía a polvo y barniz. Emily, Eric y Tony Junior se sentaron en el primer banco, frente al altar, donde estaba el cajón de Pookie entre dos candelabros. Luego salió Peter por la puerta lateral, con una especie de estola episcopal, y empezó a leer de su devocionario en voz alta.

—... Nada trajimos a este mundo, y es seguro que nada nos llevaremos. El Señor nos dio, y el Señor nos ha quitado; bendito sea el nombre del Señor...

Cuando terminó, Emily fue a la caja, donde un hombre le entregó una factura detallada y aceptó su cheque como pago después de pedirle identificación.

—Puede acompañar los restos al crematorio —le dijo—, pero no se lo recomiendo. No se ve nada.

—Gracias —dijo ella, acordándose de las chimeneas gemelas que había visto en el horizonte del hospital Central.

—Gracias a usted.

Los tres hermanos Wilson la estaban esperando.

—Tía Emmy —le dijo Peter—. Sé que papá quiere verte. ¿Te puedo llevar a casa un rato?

—Bueno, yo... Está bien, por supuesto.

—¿Y vosotros, muchachos?

Resultó que los dos tenían que volver a su trabajo, y después de musitar algo como despedida, ambos se alejaron en sendos vehículos, en direcciones diferentes.

—Papá se volvió a casar —le dijo Peter mientras iban por un camino recto—. ¿Lo sabías?

—No, no lo sabía.

—Es lo mejor que pudo haber hecho. Se casó con una señora muy buena que tiene un restaurante en St. Charles. Una viuda. Hace años que eran amigos.

—Ya veo. ¿Y viven en la vieja...?

—Oh, no. Hace mucho que se desprendió de ella. Se la vendió a un constructor al poco tiempo de morir mamá. Ya no hay nada allí, excepto tierra y palas mecánicas. Vive con su mujer, se llama Vera, en un apartamento encima del restaurante. Es muy bonito. Y se retiró de Magnum, ¿sabías eso?

—No.

—Bueno, tuvo un accidente de auto hace unos seis meses, con una lesión seria en la cabeza, y se fracturó el hombro, así que se retiró antes de tiempo. Ahora se está recuperando, lentamente. Supongo que cuando pueda volver a trabajar se va a hacer socio de Vera en el restaurante.

—Ya veo —después de un rato se le ocurrió preguntarle acerca de Geoffrey—. ¿Cómo está tu abuelo, Peter?

—Oh, murió, tía Emmy. El año pasado.

—Bueno, lo siento mucho.

Los campos a ambos lados del camino dieron paso a grupos densos de casas y centros comerciales cuyas explanadas de estacionamiento estaban abarrotadas de coches.

—Háblame de tu vida, Peter —dijo—. ¿Dónde estás ahora?

—Tuve la suerte de conseguir un empleo espléndido —dijo, retirando la vista del volante por un momento—. Soy capellán asistente en la Universidad de Edwards, en New Hampshire. ¿Has oído hablar de ella?

—Por supuesto.

—No podía haber soñado con un empleo mejor. Mi jefe es muy buen hombre, y pensamos de la misma manera. El trabajo es interesante y gratificante. Además, me gusta trabajar con personas jóvenes.

—Mmm —dijo ella—. Me alegro. Felicidades.

—¿Y tú, tía Emmy?

—Oh, todo sigue igual.

Se hizo una larga pausa. Luego, mientras miraba fijamente el camino adelante, Peter dijo:

—¿Sabes una cosa? Siempre te he admirado, tía Emmy. Mi madre solía decir: «Emmy es un espíritu libre». Yo no sabía lo que quería decir, cuando era pequeño, así que una vez se lo pregunté. Y me dijo: «A Emmy no le importa lo que piensan los demás. Hace lo que quiere».

Emily sintió una presión en la garganta. Cuando le pareció que podía hablar dijo:

—¿Te dijo eso, de verdad?

—Tal como me acuerdo, creo que ésas fueron justo sus palabras.

Ahora atravesaban barrios residenciales tan densamente poblados que tenían que detenerse una y otra vez por los semáforos.

—Ya no queda lejos —dijo él—. Doblamos esta esquina... aquí.

El cartel del restaurante anunciaba BISTECS, LANGOSTA y CÓCTELES, pero tenía un aspecto triste: la pintura se estaba descascarando del frente de madera, y las ventanas eran demasiado pequeñas. Era la clase de lugar ante el que se detienen un hombre y una mujer con hambre y se pasan varios minutos discutiendo: «¿Qué te parece?». «Bueno, no sé, es más bien horrible. Lo mismo encontramos un lugar mejor más adelante.» «Querida, te he dicho que no hay nada en varios kilómetros.» «Bueno, en ese caso, qué diablos.»

Peter aparcó el coche en la explanada de estacionamiento, de granza cubierta de malezas, y condujo a Emily por detrás del edificio hasta una escalera de madera que llevaba a una puerta en el segundo piso.

—¿Papá? —dijo—, ¿estás en casa?

Tony Wilson, como un Laurence Olivier avejentado y perplejo, abrió la endeble puerta y los hizo pasar.

—Hola, Emmy —dijo.

El pequeño apartamento parecía algo provisorio —le hizo recordar el viejo piso de Pookie encima del garaje en St. Charles— y contenía demasiados muebles. Sobre las paredes atestadas había dos cuadros de los antepasados de Tony; los demás cuadros eran del tipo de los que se venden, enmarcados, en las tiendas de diez centavos. Vera entró como un torbellino desde la cocina, sonriente. Era una mujer vigorosa, de huesos grandes, de cuarenta y tantos años. Llevaba pantalones cortos.

—Espero que no pienses que siempre tengo las piernas así de gordas —dijo—. Tengo una alergia terrible y se me hinchan —se cogió un muslo con la mano para demostrar la carne que tenía de más—. Siéntate, si encuentras dónde. Peter, saca esa caja de la silla azul para que se siente.

—Gracias —dijo Emily.

—Sentimos mucho lo de tu madre —dijo Vera, bajando la voz y sentándose junto a Tony en un pequeño sofá que Emily reconoció como proveniente de la casona—. Madre sólo hay una.

—Bueno... hacía mucho que estaba... enferma.

—Lo sé. Lo mismo le pasó a mi madre. Estuvo cinco años entrando y saliendo del hospital, sufriendo horriblemente. Tenía cáncer de páncreas. Mi primer marido también, cáncer en el colon. Murió sufriendo. Y *éste* —le dio un fuerte codazo a Tony en el brazo—, Dios mío, el susto que me dio. ¿Te contó Peter lo del accidente? ¡Oh!, me olvidé de ofrecerte algo. ¿Quieres un poco de café? ¿O té?

—No, gracias, nada. Estoy bien.

—Come una galletita, de todos modos. Son muy buenas —indicó un plato de galletitas de chocolate que estaba sobre la mesita auxiliar. Peter se sirvió una, que masticó enérgicamente mientras Vera seguía hablando—. De cualquier manera —dijo—, la policía de tráfico me llamó a las cinco y media, y llegué al hospital antes de que lo atendieran. Lo habían acostado en una camilla en la sala de urgencias, estaba inconsciente, todo manchado de sangre, y te juro por Dios que pensé que estaba muerto. Se le veían los sesos.

—Está bien, Vera —dijo Peter, mientras comía una galletita.

Ella se volvió hacia él con una mirada de inocencia e indignación.

—¿No me crees? ¿No me crees? Te lo juro por Dios. Te lo juro por Dios, Peter, que se le veían los sesos entre el pelo.

Peter tragó.

—Bueno —dijo—, por lo menos lo remendaron —y se volvió hacia su padre—. Papá, te he traído eso que te dije, que pensé que te gustaría leer —del bolsillo interior del abrigo sacó un folleto plegado, elegantemente impreso en papel satinado, con un penacho tipo inglés antiguo y las palabras «Universidad de Edwards» como parte del encabezamiento.

—¿Qué es? —quiso saber Vera, todavía ofendida con Peter por su incredulidad—. ¿Un sermón, o algo así?

—Vamos, Vera —dijo Peter—. Sabes que nunca os reparto sermones. Es un folleto que imprime la iglesia.

—Mmm —dijo Tony. Sacó unas gafas del bolsillo de la camisa, se las puso y miró el folleto, parpadeando varias veces.

—El primer artículo lo escribió mi jefe —explicó Peter—. A lo mejor te gusta. Lo que escribí yo está en la página de dentro.

—Mmm —Tony lo guardó cuidadosamente en el bolsillo de la camisa, junto con los anteojos y el paquete de cigarrillos, y dijo—: Muy bien, Pete.

—Este Peter —le confió Vera a Emily—. ¿No es maravilloso? Cualquiera de estos días va a hacer muy feliz a cualquier chica.

—Así es.

—Tony Junior y yo no nos llevamos tan bien —dijo Vera—, y Eric, bueno, no estoy muy segura, pero este Peter. Es encantador. Aunque te voy a decir una cosa. Lo están echando a perder todas las mujeres de Edwards. Lo están echando a perder. Le dan de comer, le hacen la cama, le lavan la ropa...

—Está bien, Vera —dijo Peter, y luego miró el reloj—. Me parece que vamos a tener que irnos, tía Emmy, si quieres coger el tren.

Una vez, durante el invierno siguiente, Howard tuvo que volver a ir a Los Ángeles. Era el séptimo u octavo viaje que hacía desde que ella lo conocía.

—No voy a necesitar toda esta ropa de tanto abrigo —le dijo mientras ella le estaba ayudando a hacer la maleta—. No sabes lo templado que es allí el clima.

—Oh —dijo ella—. Claro, me olvidé de eso —y dejó que él terminara de hacerse el equipaje.

Fue a la cocina a preparar café, pero cambió de idea y se sirvió un trago. Esos viajes siempre la perturbaban. Había decidido no preguntarle si iba a ver a Linda: la última vez que lo había hecho, en su tercer o cuarto viaje, casi se pelearon. Además, se dijo mientras el alcohol le entibiaba las venas, no era muy probable. Hacía casi seis años que él y Linda se habían separado —seis años— y aunque a veces él aún hablaba de ella de la misma manera insoportable de antes, estaba claro que el matrimonio se había disuelto.

Pero eso traía a colación la pregunta insidiosa que le había molestado desde el principio, y que amenazaba una y otra vez con dirigírsela a él exigiendo una respuesta: si el matrimonio se había disuelto, ¿por qué no se divorciaban?

—¿Qué pasa? ¿Estás bebiendo sola? —preguntó Howard, sonriendo desde la puerta de la cocina.

—Claro que sí. Siempre bebo sola cuando estás de viaje. Estoy practicando para cuando desaparezcas en California para siempre. Dame unos pocos años y me convertiré en una de esas viejas terribles que ves en la calle con cuatro bolsas, revolviendo los cubos de basura y hablando solas.

—Basta, Emily. ¿Estás enfadada conmigo? ¿Por qué estás enfadada?

—Claro que no estoy «enfadada» contigo. ¿Quieres una copa?

Ese viaje a California no le dio motivos para preocuparse. La llamó cuatro veces, y la cuarta vez, cuando le dijo que estaba cansado, ella le respondió:

—Escucha, Howard, no cojas un taxi desde el aeropuerto. Yo iré a esperarte.

—No, no —dijo él—. No tienes por qué hacerlo.

—Ya sé que no tengo que hacerlo. Sólo que me gustaría hacerlo.

Hubo una pausa durante la cual él pareció meditar lo que le había dicho ella. Luego dijo:

—Bueno, está bien. Eres adorable, Emily.

No estaba acostumbrada a conducir el coche de él, tan grande y silencioso, especialmente de noche y con lluvia. El poder y la fluidez que tenía la asustaban. Frenaba con mayor frecuencia de la necesaria, lo que hacía que los vehículos de atrás tocaran el claxon. Sin embargo, disfrutaba de la sensación de riqueza y solidez y de la forma en que el capó verde oscuro se cubría de gotas temblorosas que parecían perlas.

Howard se veía desencajado y exhausto desde la rampa del avión —parecía viejo— pero cuando la vio se le iluminó la expresión de una manera casi infantil.

—Es estupendo verte aquí esperándome —dijo.

Menos de un año después volvió a ir a California, y esta vez su ausencia se caracterizó por el silencio y el temor. Ella ni siquiera pudo planear ir a esperarlo porque no estaba segura de cuándo llegaría, ni en qué vuelo. Sólo podía esperar, tratando de pacificar a Hannah Baldwin en el trabajo, y luego luchando contra la tentación de emborracharse hasta desplomarse dormida todas las noches.

Una vez, en esa época, cuando volvía a la oficina después del almuerzo, vio reflejado en una vidriera el rostro maciento y petulante de una mujer —que cualquiera hubiera dicho que estaba avejentado, repleto de arrugas y ojeroso, con una boca débil, llena de compasión hacia su dueña— y descubrió horrorizada que era el suyo. Esa noche, sola ante el espejo del baño, intentó de muchas maneras mejorar su aspecto: arrugar los ojos con una sutil sonrisa, agrandándolos luego en una sonrisa amplia de puro deleite, apretar los labios para aflojarlos luego de varias formas, mientras se miraba en un espejo lateral para observar el perfil desde varios ángulos, experimentando hasta el cansancio con nuevas maneras de realzar el óvalo con distintos peinados. Luego, frente al espejo grande del vestíbulo, se quitó toda la ropa y estudió su cuerpo bajo una luz brillante. Tenía que meter tripa para verse bien, pero ahora el hecho de tener senos pequeños era una ventaja; poco podía hacerles la edad. Dándose la vuelta, miró por encima del hombro y se cercioró de que tenía el trasero caído y la parte de atrás de los muslos arrugada. Sin embargo, al volver a mirarse de frente llegó a la conclusión de que no estaba del todo mal. Se echó hacia atrás y se miró a una distancia de tres metros, y al llegar a la alfombra del salón empezó a practicar los pasos y posiciones que había aprendido en la clase de Danzas modernas en Barnard. Era muy buen ejercicio, y le asaltó un sentimiento erótico de orgullo. El espejo lejano devolvía la imagen de una niña delgada y ágil, que se movía sin esfuerzo, hasta que puso mal un pie y sus movimientos se hicieron torpes. Estaba respirando fuerte y empezaba a sudar. Era una estupidez.

Lo que necesitaba era una ducha. Pero al entrar en el baño el espejo del botiquín la sorprendió con la misma imagen cruel de la vidriera a la luz del día: el rostro de una mujer de edad mediana, presa de una desesperante, terrible necesidad.

Howard volvió dos noches después, cuando ya había dejado de esperarlo, y en el momento en que lo vio, o antes, al oír el ruido de la llave en la cerradura, se dio cuenta de que todo había terminado.

—... Te hubiera llamado —explicó— pero no me pareció lógico despertarte sólo para decirte que iba a retrasarme un poco. ¿Cómo has estado?

—Muy bien. ¿Cómo te ha ido?

—Oh, luego hablaremos. Primero tomemos un trago —desde la cocina, por encima del ruido de los vasos y los cubitos de hielo, dijo—: En realidad, Emily, tenemos mucho que hablar —volvió con dos vasos llenos de whisky con soda. Tenía aspecto culpable—. Antes que nada —empezó diciendo después de un gran suspiro que siguió a los primeros sorbos—, supongo que no te pilla de nuevas el saber que he estado viendo a Linda ocasionalmente en algunos de mis viajes.

—No —dijo ella—, no es novedad.

—Algunas veces terminaba el trabajo uno o dos días antes —siguió diciendo, con mayor aplomo—, y entonces tomaba el avión a San Francisco, donde comíamos juntos. Eso solamente. Me contaba cómo le iba, y te diré que le va muy bien: tiene su propio negocio con otra chica, diseñan modas, y yo la escuchaba, como si fuera su padre. A veces le preguntaba si había conocido a otros hombres agradables, y entonces me hablaba de este o aquel hombre que estaba «viendo» o con el que «salía», y yo sentía que el corazón me latía como loco, no sé por qué. Sentía que me acaloraba hasta la punta de los dedos. Sentía...

—Ve al grano, Howard.

—Está bien —bebió casi todo el whisky con soda, y volvió a suspirar, como aliviado de que todo eso hubiera terminado—. Sucede que esta vez no fui a California en viaje de negocios —dijo—. Te mentí a ese respecto, Emily, y lo siento. Odio mentir. Pasé todo el tiempo con Linda. Ya tiene casi treinta y cinco años, ya nadie la puede llamar una niña impresionable, y ha decidido que quiere volver a mí.

Durante semanas y meses después, Emily pensó en todas las maneras apasionadas y precisas con que podía haberle contestado; en ese momento no pudo más que decir las dos palabras débiles y dóciles que había usado desde la niñez, y odiado siempre:

—Ya veo.

Le llevó sólo dos días sacar todas sus pertenencias del apartamento. Se deshacía en perdones por todo. Sólo en una ocasión, cuando sacó las corbatas de seda del ropero, hubo una escena que en realidad fue terrible y lamentable: terminó con ella de rodillas, abrazándole las piernas y rogándole, suplicándole que se quedara. Emily trató de borrarla de su mente.

Había muchas cosas peores en el mundo que estar sola. Se lo repetía todos los días mientras se preparaba eficientemente para ir a la oficina, cuando soportaba las ocho horas en Baldwin Publicidad y luego al luchar contra la noche hasta quedarse dormida.

Buscó en la guía de Manhattan, pero Michael Hogan no figuraba, ni tampoco figuraba la firma de relaciones públicas en la que había trabajado. Siempre había hablado de irse a Texas, que era su Estado natal; era probable que lo hubiera hecho.

Ted Banks aún estaba en la guía, en su vieja dirección, pero cuando le habló él le explicó con excesiva turbación que estaba casado con una persona maravillosa.

Intentó comunicarse con otros hombres —toda su vida había estado llena de hombres— pero sin éxito.

No había ningún Flanders, John. Cuando llamó a Flanders, J., en la avenida West End, resultó ser una mujer.

Durante un año encontró un dolor exquisito, casi un placer, en enfrentar el mundo como si no le importara. «Mírenme —se decía en medio de un día difícil—. Mírenme: sobrevivo; me las arreglo; tengo el control de la situación».

Pero algunos días eran peores que otros, y una tarde, unos pocos días antes de cumplir cuarenta y ocho años, resultó ser particularmente mala. Había llevado una pila de artes finales y de diseños al centro, para que las aprobara un cliente, y al volver llegó hasta el edificio de las oficinas y al instante se dio cuenta de que había dejado todo el material olvidado en el taxi.

—¡Oh, Dios mío! —exclamó Hannah, apoyándose contra el escritorio, como si le hubieran atravesado el corazón de un balazo. Luego se incorporó, reposó ambos codos sobre la mesa y sostuvo la cabeza entre los diez dedos, mesándose los cabellos—. Debes de estar bromeando —le dijo—. Era un trabajo terminado. Copias aprobadas. Tenían la firma del cliente...

Emily se quedó mirándola, dándose por fin cuenta de cuánto la había odiado siempre, sabiendo que ésa era quizá la última vez que tendría que sufrir esa humillación.

—... un descuido total y absoluto —decía Hannah—. Le podría haber dado ese material a cualquier niño. Es tan típico de ti, Emily. Y es como si no te lo hubiera advertido; te he dado todas las oportunidades. Te he soportado, te he soportado durante años, pero ya no puedo más.

—Tengo varias cosas que decirte a ti, Hannah —dijo Emily, contenta de que su voz apenas temblara, y de que ella estuviera casi tranquila—, y la primera es que he trabajado aquí el tiempo suficiente como para que nadie pueda «despedirme». Quiero renunciar desde este momento.

Hannah se sacó las manos del desgreñado pelo y miró a Emily de frente por primera vez:

—Oh, Emily, eres una niña. ¿No ves que estoy tratando de hacerte un favor? Si renuncias no tendrás nada. Si me dejas despedirte, puedes obtener el subsidio de desempleo. ¿No sabes ni siquiera eso? ¿Naciste ayer?

3.

VIVIENDO DE LA CARIDAD — LA HISTORIA DE UNA MUJER

Si a usted lo despiden de su empleo en Nueva York, tiene derecho a recibir una prestación compensatoria por desempleo durante cincuenta y dos semanas. Después de ese tiempo, y si aún no ha conseguido trabajo, el único recurso que le queda es dirigirse a Bienestar Social. En el área metropolitana hay más de un millón y medio de personas que viven de la caridad.

Soy de raza blanca, anglosajona, protestante y graduada universitaria. Siempre me he ganado la vida «profesionalmente», como bibliotecaria, periodista, y en los últimos tiempos como redactora publicitaria. Estoy ahora en mi noveno mes de desempleo, y no tengo en vista otra cosa, excepto Bienestar Social. Mis consejeros de trabajo, públicos y privados, han hecho lo imposible; me dicen, sencillamente, que no hay empleos.

Quizá nadie pueda explicar cabalmente esta situación, pero a pesar del peligro de arriesgar una explicación fácil y llena de autocompasión, me voy a permitir una conjetura: soy mujer, y ya no soy joven.

Hasta ahí llegaba el artículo de Emily. Hacía semanas que estaba en su máquina de escribir, y ahora el papel, amarillo por el sol, se había enroscado y cubierto de polvo.

Estaba en el undécimo mes de desempleo cuando empezó a tener miedo a volverse loca. Había dejado el viejo apartamento y se había cambiado a uno más pequeño y más barato en la sección oeste de la calle veintitantos, no lejos del lugar en que había vivido Jack Flanders. Cuando miraba filtrarse la luz matinal por entre los edificios de negocios de enfrente, a menudo pensaba en Jack Flanders, y veía cómo le acariciaba el codo metido en la bata de él, recordando sus palabras: «Algunas veces, si juegas bien las cartas, llegas a conocer a una buena chica». Pero ésa era parte del problema: vivía continuamente de recuerdos. No había vista, sonido u olor en todo Nueva York que no tuviera alguna asociación; caminara donde caminase, y había veces en que caminaba durante horas, sólo encontraba el pasado.

Las bebidas fuertes la atemorizaban, pero bebía bastante cerveza para poder dormir por la tarde —una buena manera de matar el tiempo— y fue al despertarse una tarde, sentada en la cama, mirando las latas de cerveza vacías en el suelo, cuando por primera vez creyó estar loca. Si alguien le hubiera preguntado qué día, mes y año era, tendría que haber contestado: «Un momento; déjeme pensar», y no sabía si el gris que se veía por la ventana era la madrugada o el atardecer. Lo que era peor, sus sueños habían estado llenos de las voces clamorosas del pasado, y ahora seguían hablando. Corrió a la puerta para asegurarse de que estaba cerrada con llave. Bien. No podía entrar nadie. Estaba sola y segura en su domicilio privado. Después de quedarse parada un largo rato, con el puño en la boca, buscó la guía telefónica y pasó las hojas dedicadas a «Nueva York, Ciudad de», hasta encontrar «Servicio de información sobre salud mental».

Trató de hablar, pero el teléfono sonó once veces, sin respuesta. Entonces se acordó de que era domingo; tendría que esperar.

—Tendrías que salir y *conocer* gente, Emily —solía decirle Grace Talbot.

Grace Talbot también había trabajado en Baldwin Publicidad, hasta encontrar un empleo mejor en una agencia mejor, y últimamente se había convertido en la única amiga que tenía Emily. Era una persona llena de tics nerviosos, con cara de halcón, no muy agradable, pero estar con ella una vez por semana, cuando iban a un restaurante juntas a comer, era mejor que nada.

Y ahora era realmente mejor que nada. Emily había empezado a marcar su número cuando se dio cuenta de que nada tenía que decir. No podía decirle: «Grace, me parece que me estoy volviendo loca» sin parecer una tonta.

—¿Hola?

—Hola, Grace, soy Emily. Te llamé, bueno, por nada en especial, sólo para charlar.

—Ah, vaya, qué bien. ¿Cómo estás?

—Bien, excepto que los domingos en Nueva York pueden ser espantosos.

—¿Sí? Por Dios, a mí me *encantan* los domingos. Me quedo horas en la cama leyendo el *Times* mientras tomo té con tostadas con canela, y luego por la tarde voy a caminar por el parque, o llega algún amigo de visita, o voy al cine. Es el único día de la semana en que me siento yo misma.

Se hizo una pausa durante la cual Emily se arrepintió de haber llamado. Luego dijo:

—¿Qué has hecho esta tarde?

—Tomé unas copas con unos amigos, George y Myra Fox. Te he hablado de ellos: él escribe las solapas para libros de edición económica, y ella es artista comercial. Son encantadores.

—Oh. Bueno, se me ocurrió llamarte... para ver qué hacías —todo lo que había dicho la hacía odiarse más y más—. Perdona si te he molestado cuando estabas ocupada.

Se hizo otra pausa.

—¿Emily? —dijo Grace Talbot, por fin—. ¿Sabes una cosa? Desearía que dejaras de engañarme y dejaras de engañarte a ti misma. *Sé* lo sola que te sientes, y es un *cri-*

men que una persona se sienta así. Escucha: George y Myra dan una fiesta el viernes que viene. ¿Quieres que vayamos juntas?

Una fiesta. Sería la primera en años, y sólo faltaban cinco días para el viernes.

Toda esa semana no pudo pensar en otra cosa; por fin llegó el viernes, y todo lo que importaba en el mundo era la ropa y el peinado. Decidió ponerse un vestido negro, sencillo (no pudo evitar acordarse de que Howard Dunninger había dicho que Linda «llevaba un vestido negro, sencillo») y un peinado que dejaba caer un atractivo mechón sobre un ojo. Estaba bien. Podría conocer a un hombre, maduro, agradable, de su misma edad, o tal vez mayor, que le diría: «Cuéntame tu vida, Emily...».

Pero no fue una fiesta, en realidad. Las ocho o diez personas que había en el salón de los Fox nunca se levantaron para caminar y mezclarse con los demás; todos parecían conocerse, y estaban sentados, como exhaustos, con expresiones sardónicas, sorbiendo en vasos diminutos un vino tinto barato. No había hombres sueltos. Emily y Grace, sentadas aparte del grupo principal, estaban totalmente excluidas de la conversación hasta que Myra Fox acudió para rescatarlas, atrayendo la mirada expectante de los demás huéspedes.

—¿Te conté lo de Trudy? —le preguntó a Grace—. ¿Nuestra vecina de este piso? Dijo que a lo mejor venía más tarde, así que tal vez la conozcas, pero primero debes *saber* algo de ella. Es algo extraordinario. Ella...

George Fox, de pie con una botella, listo para servir, interrumpió a su mujer en voz tan alta que era apropiada para dirigirse a todo el grupo.

—Trudy dirige una clínica de masturbación para mujeres —dijo.

—Oh, George, no es una clínica. Es un estudio.

—Un estudio, eso es —dijo George Fox—. Tiene mujeres de todas las edades, aunque la mayoría son de edad mediana, supongo, y les cobra bastante caro. Las clases se reúnen en su estudio y empiezan con unos pasos de danza moderna, para entrar en calor, por supuesto desnudas, y luego se... bueno, luego se dedican al asunto que tienen entre manos, podría decirse. Porque Trudy no cree que la masturbación sea un sustituto de lo verdadero, sino que es una forma de vida. Algo así como lo último en el movimiento radical feminista. Los hombres no son necesarios.

—No puedo creerlo —dijo alguien.

—¿No puedes creerlo? Quédate un rato, la conocerás. Pregúntaselo a ella misma. No hay nada que le guste más que mostrarles el estudio a visitantes.

Trudy llegó más tarde, o, mejor dicho, hizo su entrada. Lo más sorprendente era su cabeza, afeitada —parecía un hombre bien parecido, completamente calvo, de cuarenta y tantos años— pero luego llamaba la atención la ropa: una camiseta de hombre, color púrpura, bajo la que se notaban los pezones de sus senos pequeños, y unos vaqueros desteñidos con una gran mariposa amarilla entre las piernas. Se mezcló con la gente un rato, echando grandes bocanadas de humo de un cigarrillo que acentuaba las mejillas hundidas y los pómulos prominentes; luego, cuando algunos de los invitados empezaron a irse, dijo:

—¿Querría alguien ver mi estudio?

Primero había un vestíbulo con muchas perchas en las paredes y un cartel en la arcada que decía: POR FAVOR QUÍTENSE LA ROPA.

—No le hagáis caso —dijo Trudy—, pero por favor quitaos los zapatos —y condujo a sus invitados, en calcetines, al salón principal, alfombrado de pared a pared.

En una pared se veía el dibujo, anatómicamente perfecto, de una mujer desnuda, reclinada, con las piernas abiertas, acariciándose un seno con una mano y aplicándose con la otra un vibrador eléctrico. En otra pared, iluminada por un reflector puesto en el cielo raso, había algo que parecía la escultura del sol hecho en aluminio, surgiendo de repente entre las nubes, con muchas vainas. De cerca, las vainas resultaron ser reproducciones de tamaño natural de vaginas abiertas, algunas mucho más grandes que otras, todas con clases intrincadas y diferentes de labios interiores y exteriores. Emily estaba inspeccionando la exhibición cuando Trudy se acercó y se paró a su lado.

—Son de algunas de mis estudiantes —explicó—. Un escultor amigo las modeló en cera, y luego las hizo en aluminio.

—Ya veo —dijo Emily—. Bueno... es muy... interesante —el vaso de vino estaba tibio y pegajoso entre sus dedos, y le dolía la columna de cansancio. Tuvo el presentimiento de que, si no se iba de inmediato, Trudy la iba a invitar a inscribirse en sus cursos.

Tratando de no dar la sensación de prisa, se disculpó y volvió al vestíbulo, buscó los zapatos, y cruzó al apartamento de los Fox, donde varias personas decían que el estudio de Trudy era lo más raro que habían visto en su vida.

—Os lo dije —repetía George Fox continuamente—. No me creíais, pero os lo dije...

Luego la reunión terminó y Emily estaba en la acera despidiéndose de Grace Talbot, que dijo varias veces que se había «divertido» mucho esa noche, y luego caminó a su casa.

No hubo más fiestas, y suspendió la costumbre de salir a caminar. Sólo salía del apartamento para comprar comida (cosas fáciles de preparar y de comer, para ver la televisión) y hubo muchos días en que ni siquiera salía para eso. En una ocasión en que se había forzado para ir hasta una *delicatessen,* terminaba de seleccionar los alimentos de los estantes y del refrigerador y estaba lista para pagar cuando vio que el propietario le sonreía. Era un hombre gordo y fofo de sesenta y tantos años, con manchas de café en el delantal, que nunca le había sonreído, ni dirigido siquiera la palabra.

—¿Sabe una cosa? —le dijo, con tanta timidez como si fuera a hacerle una declaración de amor—. Si todos mis clientes fueran como usted, mi vida sería mucho más feliz.

—Mmm —dijo ella—. ¿Por qué?

—Porque usted se atiende sola —dijo—. Elige lo que quiere y me lo trae a la registradora. Eso es maravilloso. La mayoría de la gente, especialmente las mujeres, viene y dice: «Una caja de cereales». Tengo que ir hasta atrás, donde están los cereales, traer la caja hasta aquí, y entonces dicen: «Oh, me olvidaba, y arroz inflado también». Así que por treinta y nueve centavos me estoy fabricando un ataque al corazón. Usted no. Usted nunca hace eso. A usted es un placer venderle.

—Bueno —dijo ella—, gracias —le temblaban los dedos mientras contaba los billetes de a uno. Hacía casi una semana que no oía el sonido de su propia voz, y hacía mucho, mucho más, que nadie le decía nada agradable.

Varias veces empezó a marcar el número del Servicio de información sobre salud mental pero no se animaba a completar la llamada. Luego, en una ocasión lo completó y le dieron otro número, y cuando llamó, una mujer con acento español, que hablaba con mucho cuidado, le explicó el procedimiento; Emily podía ir al hospital Bellevue cualquier día de entre semana antes de las diez, bajar al subsuelo y buscar un cartel con las palabras CLÍNICA EXTERNA. Allí la entrevistaría un asistente social y le arreglaría una cita con un psiquiatra para más adelante.

—Muchas gracias —dijo Emily, pero no fue nunca. La idea de tener que bajar a las entrañas del hospital Bellevue en busca de la clínica externa le pareció tan desprovista de esperanza como la de entrar en el estudio de Trudy.

Una tarde volvía de un largo paseo por Greenwich Village que se había obligado a dar —una visita que bullía con recuerdos de muertos— cuando se detuvo en la vereda y sintió que le latía el corazón ante una idea que se le acababa de ocurrir. Se apresuró a su casa, y una vez sola detrás de la puerta cerrada con llave sacó una caja de cartón, pesada y polvorienta, del lugar en que estaba guardada y la arrastró hasta el centro de la habitación. Era una caja de cartas viejas —nunca había podido tirar las cartas, y buscó entre los sobres, desordenados cronológicamente, hasta que encontró una de las dos cartas que buscaba:

> *El señor Martin S. Gregory y señora*
> *tienen el agrado de anunciar el enlace de su hija*
> *Carol Elizabeth*
> *con el reverendo Peter J. Wilson*
> *el viernes 11 de octubre de 1969*
> *en la iglesia de San Juan,*
> *Edwardstown, New Hampshire.*

Recordó que se había ofendido un poco porque no la invitaron a la boda, pero Howard le había dicho: «No seas tonta, ya nadie hace bodas con pompa». Les había mandado una pieza de plata, que le costó mucho dinero, y había recibido una nota de agradecimiento de la esposa de Peter, que tenía una letra de quien ha ido a un colegio privado.

Le llevó mucho tiempo encontrar la segunda carta, que era mucho más reciente.

> *El reverendo Peter J. Wilson y señora*
> *anuncian el nacimiento de su hija*
> *Sarah Jane de tres kilos trescientos gramos,*
> *7 de diciembre de 1970.*

«Mira, Howard —había dicho ella—. Le pusieron el nombre de Sarah. ¿No te parece bonito?».

«Mmm —había dicho él—. Muy bonito».

Pero ahora que tenía las dos notas, no estaba segura de lo que quería hacer. Para esconder la incertidumbre pasó mucho tiempo levantando las cartas y volviéndolas a guardar en la caja, hasta que, una vez llena, la puso en el lugar de donde la había sacado. Luego se lavó las manos, llenas de polvo, y se sentó con una lata de cerveza bien fría, tratando de pensar.

Pasaron cuatro o cinco días antes de decidirse a llamar directamente al reverendo Peter J. Wilson, en Edwardstown, New Hampshire.

—¡Tía Emmy! —exclamó Peter—. ¡Me alegra oírte! ¿Cómo estás?

—Estoy... bien, gracias. Y vosotros, ¿cómo estáis? ¿Cómo está la niñita?

Siguieron hablando en ese tenor, de nada en particular, hasta que él dijo:

—¿Sigues en la agencia de publicidad?

—No... en realidad, hace mucho que la dejé. No tengo empleo, en realidad —se dio cuenta de que había dicho «en realidad» dos veces, y se mordió el labio—. Vivo sola, y tengo mucho tiempo libre, y es por eso que... —intentó reírse— que te llamé después de tanto.

—Bueno, magnífico —dijo él, y por la forma en que dijo «magnífico» estaba claro que había entendido lo que quería decir «vivir sola»—. Magnífico. ¿Nunca vienes por aquí?

—¿Cómo?

—Si nunca viajas por esta zona, ¿por Nueva Inglaterra?, ¿por New Hampshire? Porque nos encantaría verte. Carol siempre tuvo ganas de conocerte. ¿Por qué no vienes algún fin de semana? Escucha, tengo una idea: ¿por qué no vienes este fin de semana?

—Oh, Peter... —el corazón le latía con fuerza—, parece como si me hubiera invitado yo misma.

—No, no —insistió él—. No seas tonta, no parece nada. Tenemos muchísimo espacio, estarás muy cómoda, y no tienes por qué venir nada más que para un fin de semana, puedes quedarte todo lo que quieras...

Lo arreglaron. Viajaría a Edwardstown en autobús el viernes. Era un viaje de seis horas, con una hora de parada en Boston, y Peter iría a esperarla a la estación.

Durante los días siguientes anduvo con un nuevo sentimiento de seguridad, como si fuera alguien importante, alguien a quien se debía consideración, alguien a quien se podía amar. La ropa representaba un problema: tenía tan poca que sirviera para Nueva Inglaterra en primavera que contempló la idea de comprar ropa nueva, lo que era una tontería. No tenía dinero para eso. La víspera del viaje se quedó levantada hasta tarde para lavar toda su ropa interior y sus medias en la luz amarilla del baño (el propietario economizaba poniendo lámparas de veinticinco vatios en el baño), y después no pudo dormirse. Todavía estaba cansada por la falta de sueño cuando llegó con su pequeña maleta al ruidoso laberinto de la terminal de autobuses el viernes por la mañana temprano.

Pensó en dormir en el autobús, pero durante un largo rato todo lo que pudo hacer fue fumar cigarrillo tras cigarrillo y mirar el paisaje por la ventanilla de vidrio azulado. Era un día radiante de abril. Un espasmo de sueño la tomó de sorpresa por la tarde; se despertó con un calambre en el brazo, el vestido todo arrugado y como si le hubieran tirado un puñado de arena en los ojos. Faltaban unos minutos para llegar a Edwardstown.

El saludo de Peter fue efusivo. Cogió su maleta como si le doliera que ella llevara tal carga, y la condujo a su coche. Era un placer caminar a su lado: se movía de una manera atlética, y la llevaba del codo. Tenía puesto un cuello clerical —ella pensó que debía de pertenecer a la Iglesia episcopal alta, si lo usaba continuamente— con un elegante traje gris claro.

—El campo es hermoso aquí —dijo mientras conducía el coche—. Y has elegido un día espléndido para llegar.

—Mmm. Es encantador. Fue un... detalle de tu parte invitarme a venir.

—Es un detalle que pudieras venir.

—¿Queda lejos tu casa?

—A unos pocos kilómetros —después de un rato dijo—: ¿Sabes una cosa, tía Emmy? He pensado mucho en ti desde que se empezó a oír hablar de la liberación femenina. Siempre me pareciste una mujer liberada.

—¿Liberada de qué?

—Bueno, ya sabes... de los viejos y anticuados conceptos sociológicos de cuál tendría que ser el papel de la mujer.

—¡Por Dios! Peter. Espero que tus sermones sean mejores.

—¿Mejores que qué?

—Que no uses expresiones como «conceptos sociológicos anticuados». ¿Qué clase de cura eres? ¿Uno de estos modernos?

—Sí, supongo que soy bastante moderno, sí. Tengo que serlo pues trabajo con gente joven.

—¿Cuántos años tienes, Peter? ¿Veintiocho? ¿Veintinueve?

—Te has olvidado de muchas cosas, tía Emmy. Tengo treinta y uno.

—Y tu hija, ¿cuántos años tiene?

—Va a cumplir cuatro.

—Me alegré mucho —dijo ella— cuando vi que tu mujer y tú le habíais puesto el nombre de tu madre.

—Bueno —dijo él, cambiando al otro carril para adelantar a un camión de gasolina. Cuando volvió al carril original dijo—: Me alegra que te haya gustado. Y te diré otra cosa: estamos esperando otro bebé que ojalá sea varón, pero si es niña le pondremos tu nombre. ¿Te gustaría?

—Bueno, yo... eso sería... —pero no pudo terminar porque se puso a llorar contra la puerta, cubriéndose la cara con las dos manos.

—¿Tía Emmy? —preguntó con timidez—. ¿Tía Emmy? ¿Estás bien?

Se sentía humillada. Hacía sólo diez minutos que estaba con él, y ya la había visto llorar.

—Estoy bien —dijo cuando se vio en condiciones de hablar—. Estoy cansada, eso es todo. No dormí bien anoche.

—Bueno, vas a dormir bien esta noche. El aire es liviano y muy puro aquí; la gente dice que hace dormir mucho.

—Mmm —se entretuvo encendiendo un cigarrillo, que era el ritual en que siempre había confiado para dar la impresión de ser dueña de sí.

—Mi madre solía tener dificultades para dormir —dijo él—. Recuerdo que cuando éramos niños siempre decíamos: «No hagas ruido. Mamá está tratando de dormir».

—Sí —dijo Emily—. Sé que le costaba dormirse —sintió la tentación de preguntarle: «¿Cómo murió?», pero se controló. Dijo, en cambio—: ¿Cómo es tu mujer, Peter?

—Bueno, vas a conocerla enseguida.

—¿Es bonita?

—Mucho. Es hermosa. Supongo que como todos los hombres siempre tuve fantasías con mujeres hermosas, pero esta chica es una fantasía hecha realidad. Espera y la verás.

—Está bien, esperaré. Y ¿qué hacéis vosotros dos? ¿Habláis de Jesús todo el tiempo?

—¿Qué?

—¿Os quedáis levantados hasta tarde hablando de Jesús y la resurrección, y cosas por el estilo?

La miró por un momento, intrigado.

—No sé adónde quieres llegar.

—Quiero tener una imagen de tus... de cómo pasas el tiempo con tu fantasía hecha realidad —detectó que la voz se le llenaba de histeria. Abrió la ventanilla y arrojó el cigarrillo al viento. De pronto se sintió fuerte y animada, igual que se había sentido en aquella ocasión con Tony—. Muy bien, caballero —dijo—. Hablemos con claridad. ¿Cómo murió?

—No sé siquiera a qué...

—Peter, tu padre pegaba a tu madre. Eso es algo que supe, y sé que tú también lo sabías. Ella me dijo que los tres muchachos lo sabíais. No me mientas. ¿Cómo murió?

—Mamá murió de una enfermedad hepática.

—... «complicada por una caída que tuvo en casa». Óyeme, he escuchado esa cancioncita más de una vez. Vosotros debéis de conocérosla de memoria. Pues de esa caída quiero oír hablar. ¿Cómo se cayó? ¿Se hizo daño?

—Yo no estaba cuando pasó, tía Emmy.

—Por Dios, qué manera de evadirse. No estabas presente. ¿No preguntaste nunca nada?

—Claro que pregunté. Eric sí estaba; me dijo que ella tropezó con una silla en el salón y se golpeó en la cabeza.

—¿Y crees que eso basta para que alguien se mate?

—Podría ser, claro, si se golpea fuerte.

—Está bien. Háblame de la investigación policial. Porque sé que hubo una investigación, Peter.

—*Siempre* hay una investigación en un caso así. No encontraron nada, pues no había nada que encontrar. Pareces una especie de... ¿Por qué tantas preguntas, tía Emmy?

—Porque quiero saber la verdad. Tu padre es un hombre brutal.

Pasaron junto a varios árboles y casitas con un trasfondo de altas montañas a lo lejos, y Peter se tomó su tiempo antes de contestar, tanto tiempo que ella empezó a temer que estaba tratando de buscar un lugar para poder dar la vuelta y llevarla de regreso a la estación.

—Es un hombre con limitaciones —dijo por fin, escogiendo cuidadosamente las palabras—, y en muchos aspectos un hombre ignorante, pero yo no diría que es «brutal».

—Brutal —insistió ella, ahora con un temblor—. Es brutal y estúpido y mató a mi hermana, la mató con veinticinco años de brutalidad, estupidez y negligencia.

—Vamos, tía Emmy, termina con eso. Mi padre siempre hizo lo que pudo. Igual que la mayoría de la gente. Cuando pasa algo terrible, por lo general nadie tiene la culpa.

—¿Qué quieres decir, por amor de Dios? ¿Es eso algo que aprendiste en el seminario, junto con «ofrece la otra mejilla»?

Había reducido la marcha, y señalizó el giro, y ahora ella vio un sendero corto, un jardín de césped bien cortado, y una pequeña casa de dos pisos, exactamente como se la había imaginado. Habían llegado. El interior del garaje donde él estacionó el coche estaba más ordenado que la mayoría de los garajes. Apoyadas contra la pared había dos bicicletas, una con un asiento de niño atrás.

—¡Tu bicicleta! —exclamó ella por encima del coche. Se había bajado con rapidez, todavía temblando, y sacó la maleta del asiento posterior; como se necesitaba un buen ruido para puntualizar su ira, cerró la puerta del coche con todas sus fuerzas—. ¡Eso es lo que hacéis! Debe de ser hermoso veros pedalear con la pequeña, ¿cómo se llama?, los domingos por la tarde, bien tostados por el sol, bien sexis ambos con los vaqueros transformados en pantalones cortos... ¡Debéis de ser la envidia de todo New Hampshire! —dio la vuelta al coche para reunirse con él, pero se había quedado inmóvil y la miraba, parpadeando—. Luego volvéis a casa y os dais un baño, ¿os bañáis juntos?, y a lo mejor os manoseáis un poco en la cocina mientras preparáis los cócteles y luego coméis, acostáis a la niña y os quedáis sentados charlando de Jesús y la resurrección durante un tiempo, y luego llega el acontecimiento principal del día, ¿no? Tu mujer y tú vais al dormitorio y cerráis la puerta, os desvestís ayudándoos el uno al otro y entonces, ¡oh, Dios mío! Las fantasías hechas realidad...

—Tía Emmy —dijo él—, eso está mal.

Está mal. Respirando fuerte, con las mandíbulas apretadas, llevó la maleta por el sendero en dirección a la calle. No sabía adónde iba, pero sí que estaba haciendo el ridículo, sin embargo no había otra dirección.

Se detuvo al final del sendero, sin mirar hacia atrás, y después de un momento oyó un ruido metálico de monedas o de llaves y el paso dado por zapatos de suela de goma: él venía hacia ella.

Se dio la vuelta.

—Oh, Peter, lo siento —dijo, sin mirarlo—. No hay palabras para decir cuánto lo siento.

Él parecía turbado.

—No tienes que pedir disculpas —dijo, cogiendo la maleta—. Me parece que estás muy cansada y necesitas descansar —la estaba observando con atención como si no la conociera, más como un psiquiatra joven que como un sacerdote.

—Sí, estoy cansada —dijo ella—. Y ¿sabes una cosa? Tengo casi cincuenta años y nunca he entendido nada en toda mi vida.

—Está bien —dijo con tranquilidad—. Está bien, tía Emmy. Ahora, ¿te gustaría entrar y conocer a la familia?